U0930627

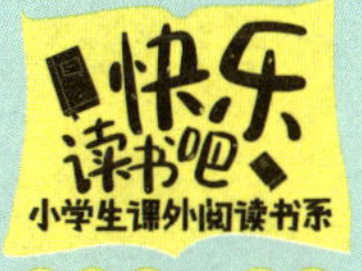
快乐读书吧
小学生课外阅读书系
四年级 上册

中国神话故事

吕伯攸　吴克勤　编

中国大百科全书出版社　知识出版社

图书在版编目（CIP）数据

中国神话故事 / 吕伯攸，吴克勤编. -- 北京：知识出版社，2020. 10
ISBN 978-7-5215-0261-9

Ⅰ. ①中… Ⅱ. ①吕… ②吴… Ⅲ. ①神话 – 作品集 – 中国 Ⅳ. ① I277.5

中国版本图书馆 CIP 数据核字（2020）第 197449 号

中国神话故事

吕伯攸　吴克勤　编

出 版 人　姜钦云
丛书策划　李默耘
图书统筹　李现刚　王云霞
责任编辑　姚常龄
责任印制　陈　凡
美术编辑　张　婷
出版发行　知识出版社
地　　址　北京市西城区阜成门北大街 17 号
邮　　编　100037
网　　址　http://www.ecph.com.cn
电　　话　010-88390659
印　　刷　保定市铭泰达印刷有限公司
开　　本　880 毫米 ×1230 毫米　1/32
字　　数　86 千字
印　　张　4.75
版　　次　2020 年 10 月第 1 版
印　　次　2021 年 3 月第 1 次印刷
书　　号　ISBN 978-7-5215-0261-9
定　　价　25.00 元

目录

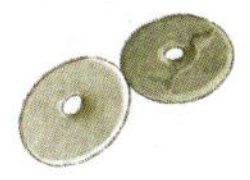

创造世界的经过

上古时候，据说天和地是混合在一起的，形状好像一个大鸡蛋；既没有日月星辰，也没有山川草木，更没有人类或鸟兽，只是漆黑混沌的一团罢了。

不知道经过了怎样一种变化，这个大鸡蛋般的东西里边，生出一个人来了，这人的名字就叫盘古。他在这里面足足住了一万八千年，有一天，忽然一声响亮，这个大鸡蛋一般的东西便裂了开来，于是，盘古才得以逃出囚笼，见到光明。

这个大鸡蛋般的东西，裂开来恰好成为两半。一半是像气一般的，质地很薄，份量很轻，便一直向上升去，变成了天；还有一半，质地很浊，份量很重，便渐渐地沉到下面，变成了地。

这样，天地是形成了，不过距离还是很近。因此，每天依旧要继续不断地变化着：从此，天每天升高一丈；地，每天加厚一丈；盘古站在天地中间，每天也是跟着它们变化，每天加长一丈。

又经过了一万八千年，天变得高极了，地变得厚极了，盘古也长得长极了。

后来，盘古死了，他的头就变成了四方的大山；他的左眼变成了月亮；他的右眼变成了太阳；他的血液变成了江河里的水；他的毛发变成了野草和树木。

天上既有了太阳、月亮，地上也有了山、川、草、木，世界就这样形成了。

女娲怎样造人

自从盘古身死以后，世界虽然已经初具规模。可是，各处地方，仍旧是找不出一个人影来。

许多年过去了，才又出现了一个人，名字叫作女娲[①]。

在这样大的世界上，女娲一个人孤零零地生活着，自然觉得冷清极了。她常常想和山川谈谈话，可是山川不能对答她；她又想和草木打个招呼，可是草木没有知觉，也不去睬她。

有时，女娲孤寂到差不多要哭出来了，她便自己设法安慰自

① 女娲（wā）：中国神话中的创世女神。关于女娲的神话现今流传的主要有两个内容：造人与补天。

己：或是拔些草，或是挖些泥做个玩具来消遣。

她想："世界上要是再多生几个人，和我在一起做伴侣，大家同游同息，一定可以减少些孤独的滋味了。但是，为什么一直没有第二个人出现呢？"

她一边想着，一边依旧拿了一团泥土，毫不在意地乱抟[①]着。

"好吧，我何不就用泥土抟几个人，暂时陪陪我呢？"女娲忽然悟到了这样一个好法子，立刻她便用手里的黄土，照着自己的样子，抟成了一个人形。

说也奇怪！这黄土抟成的人，不等女娲仔细检视，他便开起口来了，他说："谢谢你，你已经替我造成了人形了。自此以后，我情愿和你在一处生活，永远做你的伴侣！"

女娲很高兴，真是出于意料以外了，她想："黄土真可以抟成人的吗？那么，我可以用这个法子，多添些伴侣了。"

从这天起，她便天天用黄土抟人，不论俊的、丑的、男的、女的、高的、矮的、瘦的、胖的……各式各样都齐备了。

世界上的人虽然渐渐地增多了，但是，女娲的工作也一天比一天忙碌了。后来，她又想了一个简单的法子，只用一根绳子，拿到泥土里去蘸一下，就算是造成了一个人。

不过，用黄土造人时，她是十分细心的；用绳子蘸成的，却

① 抟：音同团，指把碎的东西揉弄成圆形。

不免粗制滥造了。所以，用黄土抟成的，都是聪明人；用绳子蘸成的，却是愚笨凡庸的人。

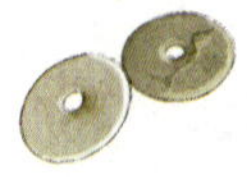

最初的世界是怎样的

我们现在住在这样繁华的世界中，对于衣、食、住、行的需要，没有一样缺少，这是多么幸福啊！但是，我们再仔细想一想，这些关于衣、食、住、行的设备，到底是怎样发明的呢？——这大概谁都可以回答，自然都是我们人类的祖先辛苦地创造出来的。

那么，在这种事物没有发明以前，是怎样一个世界呢？

原来在几千万年以前，世界只是一片荒芜，满地都生长着又高又大的草木，仿佛是一个极大的荆棘丛。而在这中间活动的，就是少数的不识不知的人类，和成群的凶悍、鸷猛的野兽和飞鸟。

那时候的人类，和野兽、飞鸟的生活，也是没有什么两样的。他们只靠着一切天然物过活，连一件人造的东西也没有：他们住的是荒地和山洞；吃的是果子或鸟兽的血肉；穿的是树叶编成的遮盖物和鸟兽的皮毛。

可是，住在那荒地上，每每要被野兽所侵害，山洞里又是黑漆漆的透不过气来；吃了生的血肉，常常又因不消化而害病或死亡；披着这样碎纷纷的树叶，包着这种腥污难闻的兽皮，既不方便，自然也是很不舒适的。——我们要是闭了眼睛揣测一下，觉得他们那种简陋的生活，是多么难堪啊！

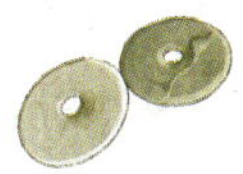

教人造屋子的老师

人类穴居野处了许多时候，便有一个名字叫作有巢氏[①]的，觉得住在这种地方，既潮湿气闷，又要防备凶猛的野兽来侵害，总不是一个妥善的所在，所以很想设法改良一下。

有一天，有巢氏在山洞里住得气闷极了，他便独自一个人走到外面去闲逛，走了一会儿，不知不觉地到了一个绿树荫浓、花香扑鼻的所在。

有巢氏吸过一口新鲜空气，便在一块大石头上坐了下来，细

① 有巢（chāo）氏：中国古史传说时代发明巢居的代表人物，也指巢居的时代。

细地赏玩这美妙的风景。一霎时他又听得绿树丛里，有几只小鸟儿歌唱着，啾啾唧唧的音调，十分婉转，因此，愈使他不忍立刻离开这个地方。

小鸟儿唱了一会儿，便停止了。有巢氏偶然抬起头来，只见它们又忙着衔着一根一根的枯枝正在树枝上架搭着。

有巢氏看得诧异极了，暗想："这是什么玩意儿呢？"一边思忖着，一边仍旧静静地考察。不一会儿，居然搭成了一个小鸟窝。一群小鸟儿都飞进窝中，很快乐地又一齐唱起歌来，好像是祝它们的新屋落成一般。

这一来，顿使有巢氏恍然大悟了。他又想："这个所在，真是又高又爽。如果我们能够照它的法子，搭起一个较大的窝来，终日住在里边，岂不是可以避开凶猛的野兽，又不致受那山洞里的气闷了？"

可是，鸟的身体很小，自然有现成的枯枝可以适用。人比鸟大得多了，这种枯枝怎能合用呢？于是，有巢氏便决心想把整棵的小树斫①下来，搭盖一个很大的人的窝。

有巢氏的主意打定了，他就动手去斫小树。可惜，那时还没有锋利的工具，那树根生长在地下，又十分地坚固，所以凭他用了多少气力，依旧是一动也不动。

有巢氏叹了一口气，自己以为这新发明的初次试验，一定

---

① 斫（zhuó）：用刀斧砍。

是失败的了。他很懊丧的，刚预备走回山洞去再慢慢地设法，不知怎样忽然一回头却瞧见了后面山脚边堆着的许多石片——这种石片，又阔又薄，样子是很锋利的——有巢氏顿时发现了一线希望，他想："不去管它，且拿了这东西来斫它几下，看它会不会倒下来！"

他就很快地跑到山脚边，去捡了两块薄而坚固的石片来，很用力地开始在树干上斫了几下，果然，那树干上便深深地现出一条裂痕。

有巢氏心中大喜，他就照这样继续地伐斫，斫了许多时候，好不容易居然被他斫下了一株。后来，他又觉得一个人工作，成绩很是有限。因此，他便去邀了许多朋友，大家通力合作，不到几天，就斫下了不少的树干。

有巢氏拿了这些树干，照着小鸟儿做窝的法子，一根竖，一根横，高高地架起来。并且略微加以改良，在前面开一个出入口，在上面又盖了许多茅草，便造成了一个窝不像窝，屋不像屋的东西。

从此，有巢氏便天天住在这里面了：既没有潮湿气闷的不适，又不怕猛兽的侵害，当然较从前的山洞、旷野，好得多了。

大家看见有巢氏发明了这种住所，个个都非常羡慕，他们便也学着样，互相帮助，搭起一个个的窝来了——我们现在住的屋子，也就是照这种窝的样子，渐渐地改良，才成功的。

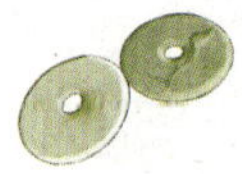

树林里烧死的野兽

自从有巢氏发明搭巢的法子以后，有一个名叫燧人氏[①]的，便也常常到野外去观察，想发明些别的应用的东西。

有一天，燧人氏正打从一棵大树下走过，忽然听得那树干上，“嘚嘚嘚嘚”地发着微响。他一时诧异起来，便停住了脚步，抬起头来寻找，原来在一枝粗大的树干上，停着一只长嘴的大鸟正不住地在乱啄着。

燧人氏不明白它是什么缘故，便站在树下呆呆地瞧着，哪知

① 燧（suì）人氏：中国古史传说时代发明利用火和发明人工取火的代表人物。

一霎那间，骤然在树干上发出一缕光亮，倒把燧人氏吓了一跳。他暗想：“这棵树真好玩，怎么这鸟嘴这样啄几下，便会发出火光来？——但是，不知道用别的东西敲几下，会不会一样地发出火光呢？”

燧人氏一边想着，便随手在地上捡起一块像鸟嘴一样尖长的石子，也学着鸟儿的样子，用力在树干上啄着钻着，不一会儿，果然觉得树干渐渐地发热了。再钻了几钻，就看见飞起一缕青烟接着便发了火，连树干也烧起来了。

燧人氏被好奇心所鼓动，险些儿要欢喜得发狂了。他立刻便去邀了几个同伴们来，把这事告诉了他们，大家也都以为很有趣味。

他们就照着燧人氏的话，各人捡了一块尖而长的石子，拼命地向树干上钻去，过了一会儿自然也照样地发出火来了。大家便拿了些干草点着火，随意闹着玩，有些人更用了这火，去烧旁边的枯树、干草，这一来，火势便蔓延到了整个树林。林子里虽然没有人住着，但是，远近的人望见了这火光，也一齐跑来观看了——这时候，他们已发现了功用伟大的火，却还不知道有什么用处。

火烧了好几天，把这个林子都烧得精光了。才渐渐地熄灭。可是，燧人氏却因此愈加起了研究的兴趣，他便悄悄地走进那火烧过的树林，打算寻求一些烧剩的遗迹。

他刚走了几步，就嗅到了一阵异样的肉香。他连忙跟着这阵香气找寻过去，立刻便找到了几只被烧死的野兽，有的竟连身上的毛也完全烧掉了。那阵肉香，当然就是从它们身上发出来的。

燧人氏恰巧肚子有些饿了，他就不管三七二十一，动手把死兽的肉撕了一片儿下来送进嘴里去尝了一尝。吓，真奇怪，谁知那些肉竟是香嫩适口，滋味比生的肉要好吃得多。燧人氏一个人吃了一个饱，才走出这火烧过的树林，把这事儿去报告他的同伴们。

大家得到这消息，都争先恐后地赶到这火烧场上，来找烧死的野兽吃：有的得到一只兔子，有的得到一只野猪……大家便一片一片地把肉扯下来，乱七八糟地塞进嘴里去，他们都说："燧人氏的确没有骗我们，这种烧过的肉，真的要比生肉的滋味好上几千倍呢！"

从此以后，大家才知道要吃烧熟的东西了。而且，渐渐地又得到一种经验：知道直接把食物拿到火里去煨[①]，是容易变成灰炭的。所以燧人氏又代他们设法，教他们找了一块薄薄的石片当作锅子，把肉搁在石片上面，用火在石片下面缓缓地烧起来——这就是我们现在一切烹调法的起源。

① 煨（wēi）：把食物直接放在带火的灰中烤。

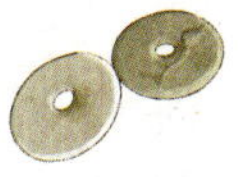

一条麻绳真有用

从有巢氏经过燧人氏，一直到庖牺氏[①]，人们虽然住的吃的都比以前进步了不少，但是主要的食品，还是全靠打猎得来的鸟兽。当他们捉着鸟兽的时候，因为恐怕被它逃走，所以常常是随手拔起些野草，绞成了草绳，将它紧紧地捆绑着，以便抬回家去。后来，又因为草绳容易扯断，不适用于捆绑较大的野兽。大家便悉心研究，好容易才找到了一种又牢又韧的苎（zhù）麻，用它结成了麻绳，代替以前的草绳，那些强有力的野兽，才逃不

① 庖（páo）牺氏：即伏羲，中国古史传说时代狩猎成为独立生产部门时期的代表人物。

脱身。

这时候，做众人的领袖的，就是庖牺氏。他一刻不停地替众人计划着谋生的方法，更一刻不停地指挥着众人，去创造新的环境。他的事务十分烦杂，所以每每做了这件事，便忘记了那件事。为了这个缘故，庖牺氏自己也曾竭力研究，想研究出一个法子，把要做的事预先记起来。

恰巧这时候有人发明了麻绳，庖牺氏便利用了它，做记事的东西。譬如：明天有一件重大的事要做，他便在麻绳上挽一个大结；小事，便挽一个小结。到了明天，只要照了麻绳上的大小结子去办，就永不会忘记了。

有一天，庖牺氏处理好了公众的事务，他便坐在那树枝和枯草搭成的窝里，准备休息一会儿。不提防，一瞥眼就看见一株树枝上，有一个蜘蛛正在抽丝结网，它刚结好了没有多少时候，忽然有一个小小的飞虫飞过，不知怎样一个不小心，恰好被那网儿网住了。

蜘蛛看见那飞虫网住了，它便很快活地纵身扑过来把那飞虫捉来吃了。

庖牺氏暗想："我们人类真笨啊，大家捕捉鸟兽，总是要用了木棍去打，拾了石子去投掷，所以费力很多，收获很少。要是我们也照着蜘蛛的法子，做成一个网儿去捕捉，不但陆地上的鸟兽一定容易被捉住，就是水里的鱼虾等物，也许都可以网起来做我们的食物呢！"

他灵机一动，便决意要设法结网。可是，蜘蛛会在自己身上抽出丝来，人类身上没有丝可抽，怎么能够结网呢？

庖牺氏想来想去地想了半天，不期然地又想到那麻绳上去了。他一时何等兴奋，立刻就取了一束麻绳，照着蜘蛛网的大概，横一根，竖一根地将它打结起来。几天以后，果然被他结成几张很大的网。

他便率领众人，跑到山上去，将这几张网四面围住了，然后再到鸟兽最多的地方，拿着木棍石子儿等一阵追赶，那些鸟兽们，霎时被他们赶得昏昏沉沉的，一齐都向山上乱飞乱走，不觉都自投罗网了。

庖牺氏和众人连忙把网儿收起，居然活活地擒获了大量的鸟兽。他们以后就照这法子捕捉供众人们的享用。要是有时捉得太多了，吃不完，就挑那很驯服的豢养起来，这些鸟兽，渐渐地由大的生小的，小的大起来再生小的，永远绵绵不绝，人类也不必再费大力去打猎，就可以得到现成的食物了。我们现在知道畜养鸡、鸭、猪、羊、牛、马等，就是上古先民传下来的法子。

这是一件好东西

庖牺氏以后，便由神农氏[①]做了酋长。他是一个喜欢研究种植的人，所以天天采集了各种植物，细细地观察它的形状，细细地辨别它的味道，很有兴趣。

有一天，神农氏又采到了一种草，高约三四尺，在每株草的头上，都结着一球细粒的果实，和他平常见惯的植物，很有些不同。神农氏当即把果实剥了出来，放在嘴里尝了一尝，觉得滋味很好。

这时候，既已发明了火食，他们无论得到什么东西，都是要

① 神农氏：相传炎帝为姜姓，是关中西部姜姓部落的首领尊称。其先世与黄帝族一样，是从一个原始氏族中分裂出来的。又称神农氏、烈山氏等。

放到火里去烧着试试看的。现在，神农氏得到了这种植物，自然也不能例外。因此，他就采了许多这种细果实，剥了壳，放在石片做成的锅子里，加了些水，用火煮了起来。哪知不到片刻，这石锅子里便透出一阵香气来了。神农氏忙把这细果实捞起来瞧，都比以前膨胀了好些，而且质地也变得很柔软了。他就放到嘴里去尝了一尝，不料那味道竟比什么东西都好。神农氏十分高兴，就替它取了一个名字，叫作“谷”。因为，上古时候称赞这件东西是“善”的，就叫作“谷”；神农氏把这些果实名为“谷”，意思就是说：“这是一件好东西。”

自此以后，人民除吃肉以外，也都学着神农氏的法子，每天总要去找些谷来煮了充饥。这样一来，那天生的谷便一天天地减少，差不多已经不大找得到了。

神农氏看到这种情形，非常忧虑，他想：“照这样下去，这好吃的谷，不是就要绝了种吗？”因此，他就开始研究谷的种植法，一面找了一块平地，拔去了荒草，把谷的种子撒在泥土中。

但是，他第一次种植的成绩很不好，所结的谷全是空的。于是，他只得重新再专心研究。一直经过了好几个月的光阴，他才彻底研究明白，知道地上的泥土太结实了，无论如何是结不出好果实来的。自此，他又发明了两种开垦泥土的工具：一种叫作耒；一种叫作耜[①]。利用这种工具，就很容易将泥土翻松。神农

① 耒与耜：均系古代耕地翻土工具。

氏再将种子撒下去，而且每天很勤劳地灌溉、拔草，过了多时，居然渐渐地长大，渐渐地开了花，结了果。神农氏欢喜极了，连忙将它采了下来，剥了壳，照着以前的法子，仍旧放在石片做的锅子里煮来吃，那味道却和自然生成的一点儿也没有两样。

众人知道这方法，便也学着他垦田掘地，照样地种起许多谷来。他们种了吃，吃了再种，便不怕它绝种了。

同时，神农氏尝试各种植物的结果，又发明了许多药物，替人治病。后来，他就把各种药物的形状和体质，一一记载起来，做成一本书，叫作《本草》。

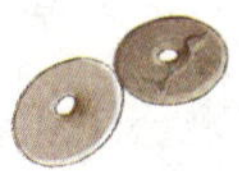

小虫儿变成鸟卵一般了

自从当初神农氏发明了种植，人民除了种谷以外，自然也有种别种植物的，像苎麻一项，种植的人也就不少。因为，在这时候，他们已经知道麻的用途，不但可以结绳子，又可将它编织起来，织成很粗陋的麻布，用来代替那遮蔽身体的树叶了。

到了黄帝时候，有一个女子，名字叫作嫘祖[①]。她也是很喜欢研究自然界现象的，所以一有空闲，便在山野中留心观察，仔细推敲。

---

① 嫘（léi）祖：是上古时大族西陵氏的女儿，黄帝娶为元妃。后世因为她发明蚕丝有功，祀为先蚕。

有一天，她在山坡上走过，一眼就瞧见一株矮矮的树木。那树叶子上，却爬着几条一寸来长的虫，正在吃那树叶。其中有几条，却抬起了头，不住地蠕动着，而且嘴里还吐着一根光洁细长的东西。更有几条，却用了自己吐出来的东西，团团地竟将自己的身体也包裹在里面，形状很像一个小小的鸟卵。

嫘祖觉得很有趣儿，从此以后，她只要一有闲暇，便跑到这山坡上去观察。哪知经过不多几天那所有的虫，却一齐都变成了像鸟卵一般的东西了。

嫘祖暗想："这或者也是一种卵吧，只看它的样子，多么洁白，要是拿回去当作食品，也许是滋味很好呢！"因此，她就从树枝上采摘了几个下来，匆匆地跑回家去。

她立刻烧起一锅水来，把这像鸟卵一般的东西，随手丢在沸水中，打算把它煮熟了，可以尝尝新鲜的味道。

煮了半晌，嫘祖料想这东西已经煮透了，她便找了两根细细的树枝，伸下水去，想把那东西捞起来瞧瞧。不料细树枝一碰到那鸟卵一般的东西，就被这东西上散出来的细丝，牢牢地缠住了。嫘祖就拿这细树枝，索性在锅子里乱掏了几掏，可是，那缠住的丝却更加多了。

嫘祖这才明白，原来这东西是不能吃的，倒可以拿来抽出许多的丝。而且，这些丝又光滑又柔软，比较从前麻里抽出来的，真是要好过几千万倍。嫘祖又想："麻里抽出来的丝，既然可以结成麻绳，织成麻布，难道这东西不可以照样做吗？自然，要是

织成了，一定会比麻布好得多了。”

她在几天中，果真先后用丝结成了绳，织成了帛。那作品却都是光洁轻软，非常美丽。她就将那些虫定了一个名称，叫作“蚕”；那像鸟卵一般的东西，叫作“茧”。

过了几天，螺祖又去探视那些留在树上的茧子，有几个却已咬破了头，从里面飞出一只像蝴蝶的虫，扑着两只翅膀，正在那里产卵，螺祖就把那些蚕子收藏起来，到了第二年春天，再让它们孵化，再让它们结茧抽丝，织成许多帛。

后来，大家都学着嫘祖的法子，也照样地养蚕抽丝，于是，中国人便有了正式的衣服穿。

皇帝对于我有什么关系呢

黄帝后，经过少昊、颛顼、帝喾一直到了帝挚。那时，民间因为有一个很有德行的圣人，名字叫作尧。因为帝挚不善，百姓就把帝挚废了，推举尧做了元首。

尧为人十分仁厚，他看见百姓受了饥寒，仿佛是自己受了饥寒一般；看见百姓有了过失，仿佛自己有了过失一般。而且，他整天很辛勤地治理国事，自奉却很菲薄：住的是茅茨[①]土阶，吃的是不和之羹[②]，用的是些土器和瓦器，完全和平民一模一样，

---

① 茨（cí）：用茅草搭建的屋子。

② 不和之羹（gēng）：没什么味道和食材的汤。

再也分不出什么贫贱和富贵来。

做皇帝的既不压迫平民，自然百姓们也不会把皇帝看作神圣不可侵犯的人了。所以大家各做各的事情，完全平等，完全自由。

一天，尧走过一处地方，看见一间茅屋外面站着一个须发全白的老人，年纪大约已有八九十岁了。他满脸含着笑容，一个人很快乐地在玩着击壤[①]的游戏。

这时候，有几个人在旁边观看，都说："老先生，你处在这种太平的世界，能够这样快乐，实在都是当今的尧皇帝治国有方的功劳呢！"

哪知老人听了，却提高了嗓子，唱着他自己编的歌道："日出而作，日入而息，凿井而饮，耕田而食——帝力何有于我哉？"

他的意思，就是说："早晨太阳出来了，便去做我的工作；晚上太阳没了，我便停止了工作去休息。我要饮水，自己可以去开井；我要吃饭，自己可以去种田——皇帝对于我有什么关系呢？"

老人唱完了歌，尧已走到他的面前。但是他看见皇帝来了，也毫不在意，仍旧满脸现着笑容，拂拭着那雪白的胡须，不住地击着壤作乐。好在尧也并不见怪，只对他笑笑，便走过去了。

啊，上古时代是多么平等，多么自由呀！

---

① 壤（rǎng）：古代木制的游戏器具。

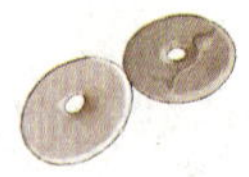

也许我们都变为鱼了

尧的时候，洪水为灾，全中国几乎都淹没在水中了。百姓没有住的地方，大家只得搬到高山上去躲避。但是，山上都很荒芜，食物不够供给，因此，有许多百姓都饿死了。

尧看到这种情形，心里非常着急。他便和群臣商量，要征求一个善于治水的人。群臣中有称为四岳[①]的，便共同保举一个名字叫作鲧（gǔn）的人，去做那治水的工作。

不料鲧对于治水的事，完全是个门外汉，所以他接连治了九

① 四岳：中国古史时代人物。相传为四人，分管四方诸侯，所以叫四岳。但也有研究学者认为四岳为一人。

年，依旧是一片汪洋，水势一点儿也没有减少。尧对于这种因循误事的人，自然非常痛恨，当即叫人去把他捉来，在羽山上把他杀死了。但是，一方面他却仍旧在访求治水专家。

这时候，舜在帮助尧治理国政，他便保举鲧的儿子禹，继承他父亲未了的工作。

禹受命以后，又推荐益夔和后稷[①]二人，共同合作。——他因为父亲治水失败，竟致被杀，心里十分悲痛，所以决心要把洪水治好，完成父亲的志愿。

他劳身焦思地终日奔走，先把各处的水势考察一个明白，因此才觉悟到治水的方法，应该先要开通河道，使陆地上的水一齐汇入小河里，小河里的水又使它汇入大河里；然后再把大河里的水，一齐汇入大海里。那么，陆地上的水自然留积不住了。

主意已定，他便雇了一班工人，在北方开了两条大河，就是现在的黄河和济水；在南方开了两条大河，就是现在的长江和淮水。四条大河开凿成功，才着手疏浚各处的小河。果然，不到几时，那陆地上的水，便流入小河，小河里的水，又分流到四条大河里，滔滔滚滚地出海去了。

当禹正在治水的当儿，每天异常忙碌。他走过陆地，便乘车

---

① 后稷（jì）：上古时期掌管农业的官员。

子；渡水，便用船；走过烂泥洼，便用橇[①]；上山，便用檋[②]。他在外面一共奔走了十三年，虽然三次走过自己家门口，却一次也没有走进去过。

等到洪水治理好了，他便叫益夔拿了些稻种，去分给百姓们，使他们种植在潮湿的地方；又叫后稷拿了各处剩余的东西，去分给不够的地方，使他们互相调剂。百姓们日用所需，都有了着落，自然国家也很太平了。因此，后世有人称颂禹的功劳说："没有禹，也许我们都变为鱼了！"

---

① 橇（qiāo）：形状像箕，乘着可以在泥淖中行路的东西。

② 檋（jú）：装在鞋子上可以防滑的工具，古人登山用具。

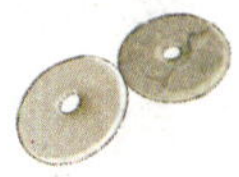

害不死的哥哥

距今四千年前，在历山地方的田野里，每天有一个青年农夫，很勤奋地耕种着。但是，他一面工作，一面总是长吁短叹，不住地掉着眼泪，哭个不休。

这农夫到底是谁？他为什么这样悲哀呢？——原来他就是上古时候的大圣人舜，只因他的父亲瞽瞍[①]，是一个非常顽固的老人。而且他继母所生的一个弟弟名叫象[②]，性情又是非常恶劣，常常仗着父亲和母亲的溺爱，便会无中生有地搬弄是非，欺侮那

① 瞽瞍（gǔ sǒu）：瞽是瞎子；瞍是眼中没有眼珠的意思。

② 象：舜继母所生的孩子，他的弟弟。

同父异母的哥哥。舜处在这种环境里面，有时想着他死了的母亲和这黑暗的家庭，自然便情不自禁地伤起心来。

但是，他毕竟是一个大孝子，所以他虽然受着种种的压迫，却一点儿也不怨恨他的父母。他依旧是和颜悦色，一心想引得父母的快乐，竭力地尽他的为子之道。

象是天生的一个懒汉，一天到晚，只是闲游作乐，所以他们一家数口，全靠舜一个人劳动，才能安然过活。他每天耕田犁地，做得汗滴如雨，而瞽瞍却从来没有好面目对待过他，继母又到处吹毛求疵，弟弟又一味地说他坏话。舜在无可奈何的时候，唯有嗟叹自己的能力薄弱，自己的一片诚心，不能使父母和弟弟了解，便觉得世界虽大，实在没有一个同情于他的人。他除了仰天哭泣以外，还有什么法子安慰自己呢？

这时候，正是尧在做皇帝。他治理国事，很有成绩，所以全国的百姓，都称他为大圣人。后来他的年纪渐渐老了，更决心要寻觅一个道德高尚的人，把这帝位让给他。恰巧，舜的孝行，由众人的传扬，渐渐地竟传到了尧的耳朵里，他想："百善孝为先，凡是能够孝顺父母的人，无论对于什么事，一定也都会诚心诚意去做的。现在要禅让帝位，舜便是一个相当的人了。"

因此，尧就把舜请了来，把让位的事，向他说明了。自然，舜是坚决地辞谢，但经不起尧再三地恳切劝说，舜也只得勉强答应，暂时先帮助尧治理政事。过了不多时，尧就把自己的两个女儿娥皇和女英，同时嫁给了他。

可是，舜的孝行，虽然感动了尧的心，却永远不能感动瞽瞍的心。而且象在这时，忽又生出一种妄想，以为只需把哥哥害死，将来自己便可以代替做皇帝了。所以每天益发在瞽瞍面前挑拨，使瞽瞍对于舜，恶感日深。

顽固的瞽瞍，听了小儿子的话，真的就起了害死舜的意思。而舜是一个正直的人，哪里想得到他的父亲和弟弟会有这样的邪恶算计呢？

有一天，象想了一个法子，由瞽瞍出面，叫舜到仓库上去，修理屋顶。舜便拿着新的茅草，由梯子爬上去。瞽瞍暗想："今天一定可以结果他的性命了！"当舜正在仓库顶上用心工作，瞽瞍和象，便悄悄地把梯子移去了，却在仓库下面，放起一把火来。

哪知事有凑巧，到了瞽瞍放火的时候，舜已经把屋顶修好，早已从另一方向攀援着树干，溜下来了。

这计划失败后，隔了几天，瞽瞍又叫舜缒[①]到井里去掏井。舜奉了父命，刚缒到井里瞽瞍就在上面，把井盖紧紧地盖了起来，暗想："这一次必定可以处死他了。"

象更是十分高兴，忙走过来道："父亲，这次总很稳当了吧！但是，这法子除我以外，还有谁想得出来？"

瞽瞍也点着头道："不错，这法子的确很好！"

---

① 缒（zhuì）：用绳子拴住人或东西从上往下送。

象又贡献着计策道："现在，我们可以先分配他的财产吧：父亲拿他的那一群牛；母亲拿他的那一群羊；至于其余的一切，干戈[1]呀，琴呀……自然都应该归我。"

瞽瞍道："好的，好的，那么，就照这样办吧！"

象便唯恐不及地赶进舜的房间，想去收拾他的零星物件。哪知他们以为早已死在井中的舜，却好好地坐在床上，正在弹琴。原来井中本来有一条隧道，舜早就从别的出口上来了。象却因此非常惊慌，只得假装着没事儿一般的，说道："哥哥，你现在身体很好吗？我是常常替你担着心呢！"

舜本是诚实人，哪里疑心到他的弟弟有什么恶意，所以便对象说道："弟弟，你对我这样关心，我是很感激的！现在你终日没有事做，不如也到朝中去帮着我办办事儿吧！"

舜在尧那里治理政治，前后经过二十八年直到尧驾崩后，他才继了帝位。这时候，全国的人没有一个不尊重他的。但是，舜却不以天子为可贵，仍旧是把孝顺父母当作头等大事。他在没事的时候，常常张着天子的旗号去朝见瞽瞍，他那种和气恭敬的态度，依旧像他贫贱时一样，并且封他的兄弟象做了诸侯，却从没有想到象从前对他的恶意。

---

① 干戈：武器的总称。

炎帝用赭鞭鞭百草

有娇氏的女儿名叫任姒，有一天到华阳山上去游玩，忽然遇见一条神龙，吓了一跳，回来便生了一个牛头人身的怪孩子，这就是炎帝[①]。

炎帝生了三天，就能说话；五天就能走路；七天以后，牙齿就长全了。他生活在姜水这块地方，到了三岁时候，每天和小朋友们玩耍，都是做着种植的事儿。他把草的种子、果子的核，栽在土里，竭力培养，使它长出更好的草木来。

---

① 炎帝：即神农氏。

这时候，人们肚子饿了，只是胡乱地采些果实，或是捉些鸟兽来充饥，因此，有时吃了性质暴烈或有毒的东西，便害起病来，甚至死亡了。并且，随着人数渐渐增多，果实和鸟兽，也渐渐地不够吃了。于是，炎帝便立志要把各种食物的性质考察清楚，想拣出那些适于人类胃口的东西，把它们种植起来。

一天，炎帝偶然遇着了太一小子[①]，他便稽首[②]再拜，向太一小子请教道："人们吃了不适宜的食物，便要生病，便要死亡，不知道这有补救的方法吗？"

太一小子道："天有九门，中间那扇门里，有位老人，出现在南方，他能够辨别各种植物的性质的。你只要去请教他，他一定会告诉你一个补救的方法！"

炎帝别了太一小子，便去访问老人，老人当即赐他一条赭鞭[③]，教他拿这赭鞭去鞭百草。说也奇怪，炎帝用了这赭鞭，轻轻地向各种植物上鞭了几下，果然，那些植物都现出种种不同的性质：哪一种是寒的，哪一种是温的，哪一种是燥的，哪一种是下湿气的，哪一种是有毒的，他因此都知道了。他后来将这些试验所得的结果，一一记载下来，便成了那部叫作《本草》[④]的书。

---

① 太一小子：古代天神名字。

② 稽（qǐ）首：一种比较隆重的社交礼节，以头磕地而拜。主要流行于中国古代。

③ 赭（hé）：即赤色的鞭。

④ 《本草》：中国现存最早的中药经典著作。又称《神农本草》，简称《本草经》《本经》。撰者托名神农。最先著录于梁代阮孝绪《七录》。成书年代有先秦、两汉、六朝诸说。现一般认为其主体约形成于西汉，又经东汉医药学家修润增补。

炎帝辨别了草性，就动手造起犁耙来，预备种植些可以供人食用的植物。正在这个时候，忽然下大雨了，炎帝急忙把未完的工作整理了一下，打算暂时回去避一避。哪知仔细一瞧，这下来的并不是雨点，却都是很好的谷子。

炎帝欢喜极了，就把这些谷子种了起来。种完了，他刚想去找些水来灌溉，哪知地上又涌起道醴泉[①]，替他把田地灌溉好了。

自此以后，只要炎帝需要雨水的时候，雨便自然地会下来，所以大家都称他为神农氏。

---

① 醴（lǐ）泉：甘泉。形容泉水像甜酒般一样甜。

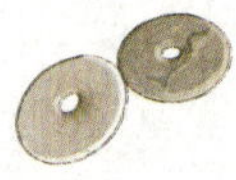

黄帝怎样征伐蚩尤

自神农氏的势力渐渐衰弱，四方部族便互相侵伐，大家忙着争夺个人的私利。百姓们却因此常常受着他们的骚扰和屠杀，谁也不能安居乐业了。

黄帝[①]眼瞧着这种情形，早知道神农氏是没有力量征服他们的了。他便造起干戈来了，预备和诸侯开战，以便援救那些无辜

① 黄帝：相传黄帝姬姓，名轩辕，因居轩辕之丘或谓作轩冕之服而得名，又以为号，所以汉以后文献中多留下“黄帝轩辕氏”的称谓。还有传说黄帝为有熊国君，号曰有熊氏之说；或说黄帝号缙云氏，又号帝鸿氏、帝轩氏等。传说黄帝母曰附宝，见雷电绕北斗枢星，感而怀孕，生黄帝于寿丘。

的百姓们。哪知部族听到这个消息，十分钦佩黄帝的德行，不等他出兵，都来向他投降了。

这时候，还剩一个蚩尤[①]，暴虐得格外厉害，而且始终不肯降服。因此，黄帝便征调了部族的兵，去伐蚩尤。

原来蚩尤有弟兄八十一人，他们虽然说的是人的言语，却个个都生成野兽的身体，非常丑怪，而且能够吞食砂子石子，变幻各种的妖法。黄帝早已知道他们的厉害，所以当他出师讨伐的时候，心里不由得也有些忧闷。

过了几天，黄帝的军队，已到了涿鹿的旷野，便和蚩尤接触了。兵士们因为谨守黄帝的命令，个个都防备得十分周密，所以一望见那些妖魔鬼怪似的敌人，便举起弓来，搭上了利箭，直向对方射去。但是，一霎时，只听得对方叮叮咚咚的一阵响，那些箭却都一支支地掉在地上，并不见他们有一个受伤。黄帝觉得很奇怪，后来仔细一调查，才知道蚩尤的弟兄们，个个都是生成的铜头铁额，所以那些箭是射不进去的。

黄帝受了这个打击，正想再行设法制服他们，哪知忽然间，只见对面阵上的蚩尤弟兄们，个个都从嘴里吐出一口气来，立刻变成了很浓厚的大雾，布满了旷野的四周。兵士们被这种大

---

① 蚩（chī）尤：传说蚩尤是九黎之君，兄弟八十一人，铜头铁额，会制造刀杖等五种兵器，威震天下。研究表明这可能是该古族在繁盛时，包括九个部落八十一个氏族，他们武器精良、勇敢善战，不断西向发展扩大新的生存空间，遂与华夏集团相遇，涿鹿之战大败炎帝。

雾迷蒙着，顿时失去了方向，以致进退两难了。黄帝受了这意外的惊骇，也颤栗得手足无措，唯有仰天长叹，等待那最后的厄运到来。

幸亏，这事立刻被西王母[①]知道了，她便派遣一个使者，名字叫作玄女[②]的，披了黑狐裘，带了兵信神符急急地赶到黄帝那里，传授他种种破敌的兵法。

玄女又替黄帝制了一辆指南针车，以便指示方向，使军队进退不致迷路；一方面，更制造了八十面夔牛鼓——这种鼓只要敲一下，可以震动五百里，连敲几下，便可以震动三千八百里。

黄帝当即依照指南针所指示的方向，命兵士们敲着那八十面夔牛鼓，向前进攻。蚩尤吓得躲避不及，便被黄帝捉住，在涿鹿的旷野里杀了。从此，黄帝也就顺从人民的请求，即了帝位。

---

① 西王母：中国先秦以来广泛流传的神话人物。关于西王母的神话，产生得很早，演变也显著。殷墟卜辞中已记有“西母”，学术界有一种意见认为“西母”即西王母。它和以后在《山海经》中出现的有关西王母的记载，是否有联系很难断定。所以，关于西王母的最早文字记录应从《山海经》算起。

② 玄女：玄女或称九天娘娘、九天玄女。人头鸟身。黄帝与蚩尤战于涿鹿，黄帝不能胜，叹于太山之阿，王母有感，乃命九天玄女下降，授帝以遁甲、兵、符、图、策、印、剑等物，并为制夔牛鼓八十面，逐大破蚩尤而定天。

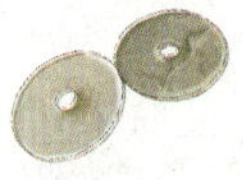

羲和所驾的车子

上古时候，有一个太阳神，名字叫作羲和[①]。

他每天坐着车子，一刻不停地在天空巡行着。据说，替他拉车的车夫，却是一只三足乌。早晨，三足乌拉着羲和的车子，从东方旸（yáng）谷出发。他带着光明一路走，把万道光芒，直射到地上，一切黑暗，就被它赶跑了；地上的人们也就得到了光明，可以看清种种的事物，以便开始做他们所该做的工作。

---

① 羲（xī）和：传说中的中国古代掌管天文历法的人。相传他是黄帝时代的官。《山海经・大荒南经》中也说，在东南海之外有羲和国，国中有一女子叫羲和，嫁给帝俊为妻，生了十个太阳。每天羲和在甘渊为十个太阳洗澡。

羲和的车子，慢慢地到了咸池这个地方，羲和照例是要下车来洗一个澡的。洗过了澡，于是他又向西方驶去，那些光明也就被他带了回去。等到羲和一直到了西方的崦嵫[1]，地上是依旧黑黝黝的，看不见一点儿东西了。人们也就只得停止了一切工作，安然地去休息，这便是黄昏时候了。

① 崦嵫（Yānzī）：古代指太阳落山的地方。

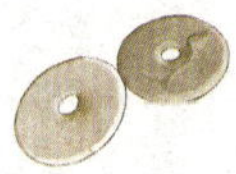

能够辨别奸佞的屈轶草[①]

黄帝战胜了蚩尤，天下便太平了，于是，更竭力引用有才能的人，帮助治理国政。

只是，用人既多，难免有狡猾的佞人[②]夹杂其中。这种人在表面上看起来，每每好像是学问很好，应对很敏捷，办事很干练的，其实，大概都不过是能说几句花言巧语骗骗人罢了。如果用这种人治国，当然是自私自利，就要祸国殃民了。

---

① 屈轶草：样貌不详。《博物志·异草木》中这么记载："尧时有屈轶草，生于庭，佞人入朝，则屈而指之。一名指佞草。"

② 佞（nìng）：不正直的人。

当时，黄帝因为忙于种种建设事业，一时哪有许多工夫，去细细地考察他们？因此，有许多这样的人，便趁此机会，混在朝中，想沾些个人的权力。

不料，正在这个当儿，黄帝的殿阶下面，忽然长出了几棵怪草，名字叫作屈轶。这种草，在初生的时候，都一枝枝地向上挺立着，也和别的草差不多，并没有什么奇怪的形状。

有一次，有一个极奸恶的朝官，刚为了自己的私利，做了一件欺压平民的事儿。那平民既不敢到黄帝那里去告状，黄帝自然也一点儿不知道。等到第二天，那朝官竟若无其事地上朝来了，但是当他走到殿阶下面时，那些屈轶草忽然都倒了下来，一齐挺着梢头，直向这作恶的朝官，紧紧地指着。

这作恶的朝官不知道是什么意思，一时间也有些惊慌起来了。他急忙向着旁边躲避过去，可是，那些屈轶草，依旧跟着他躲避的方向，指着不放。

黄帝坐在殿上，瞧见了这种情形，也觉得很奇怪，便吩咐几个老成而正直的大臣，彻底地查究那朝官的行为。过了几天，果然查出他种种营私舞弊的劣迹，黄帝当即将他免了官职，按律治罪。

自此以后，凡是佞人上朝来，那些屈轶草就会照样指着他，表明他的奸恶。所以，朝臣们都一心一意地为国尽力，没有一个敢怀着邪念的了。

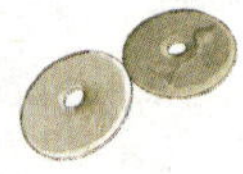

解廌[①]兽判断曲直

黄帝的殿阶上，自从长出了屈轶草，佞人果然不敢入朝来了。但是，在民间，却仍旧有许多狡猾的人，仗着自己的狡诈或气力，还是在欺压弱者。因此，有几个不甘受人侮辱的，便常常要到有司[②]那里去控告了——这便是诉讼的起源。

只是，那时一切制度都很简单，对于裁判讼事的方法，当然

---

① 解廌（xièzhì）：今作獬豸。中国古代传说中的一种灵兽。以独角为主要特征，故又称独角兽。传说獬豸又有神羊之称，象征勇猛、公正。其实物形象多出现于中国皇家建筑的屋脊之上，也被广泛用在中国古代法律界。

② 有司：泛指官吏。

也没有什么章法。所以审判官一不小心，每每容易被狡猾的人所蒙混，反而弄得黑白不分、曲直倒置了。

就是贤明的黄帝，一时也想不出改善的方法，不过时时告诫有司，叫他们格外慎重些罢了。

有一次，有一个农人，托一个工人定造十把耒耜。两方预先讲定：在耒耜造成以后，农人应该用一袋子谷子，向工人换一把耒耜；并且工人先拿一把耒耜的样子，给农人看过，以便照样制造。农人也给他看过袋子的大小，双方互相商酌妥当了——不过，他们都没有写一张契约。

哪知到交换的时候，工人刚把十把耒耜送过去，农人却首先叫起来道："不对，不对，这十把定造的耒耜，没有像当初给我看的样子那般坚固啊！"

工人瞧着农人的十袋谷子，也叫起来道："我造的耒耜，实在没有改变样子，倒是你装谷子的袋子，却改小了一半儿了，这怎么行呢？"

他们这样争执起来，谁也不能判断他们的曲直。结果，两人便同到有司那里去控告。

有司审问的时候，他们依旧是各执一词，两不相让。后来，有司又叫他们各人把当初的样子拿来，互相比较。可是，那袋子的大小，耒耜的式样固然是前后都没有两样。这真使审问的有司，感觉着十分困难。

这时候，恰巧有一个神仙，送了一只名叫解廌的野兽给黄帝。这解廌兽很像一只山羊，头上只生一只角，夏天住在水里，冬天是住在松树或柏树上的。据说，它最厌恶不正当的行为，所以只要有欺骗诈伪的人在它面前，它便能挺起那唯一的角，狠命地去顶触他。

这件农人和工人互讼的案子，有司既然没法判决，黄帝就派人去把农人和工人押解了来，叫他们一同站在那只解廌兽的面前。

解廌兽一瞧见那个农人，它便瞪着眼珠，直向他的身边顶触了过去。这一来，农人知道自己的秘密，不能再隐瞒了，只得老实招供了出来。原来他的确把那只做样子的谷子袋暗地里改制过了。

自此以后，人民有什么诉讼的事情，便都用那只解廌兽去判断。

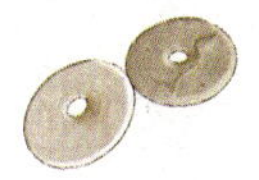

黄帝的梦

黄帝做了一个梦，梦见一个人，手里执着千钧重的大弩，在看守几千万只山羊。醒来时黄帝便自己猜想道：“那人能执千钧重的大弩，一定是有绝大的力量的人能看守几千万只山羊，一定又是善于牧民[①]的。”

于是，黄帝便开始在四处找寻，要找这样一个贤人。过了几天，居然在大泽地方，找到一个名叫力牧[②]的人。黄帝不觉恍然

① 牧民：治理、管理人民的意思。

② 力牧：中国上古时代神话传说中的一位人物。传说中他与风后、大鸿是黄帝的三位大臣。

大悟，就封他为大将。

有一天，黄帝问力牧道："一个国家的兴亡，不知道有没有什么预兆？"

力牧道："我曾听见人家说，国家要是治安，国主又喜欢文事，那凤凰便会飞到他的国里来；国家要是十分紊乱，国主又喜欢战争，那么，国里即使有了凤凰，也要飞出去的。"

黄帝听了这话，便格外地修德立义，治理国家，并且，在中宫[①]斋戒七天。忽然，有几只大鸟，飞了下来。它们的头是像鸡一般的，嘴是像燕一般的，乌龟的脖子，鱼的尾巴，身体又像是一只鹤。满身的斑纹，五色齐备。

黄帝忙向它们细细地瞧了瞧，原来在它们的身上，还有好几个文字缀着。头上的，是"顺德"两个字；背上的，是"信义"两个字；胸口的，却是"仁智"两个字——这大约都是赞扬黄帝的颂词。

这几只大鸟，既不啄食活的虫豸，又不践踏活的草木。它们每天停在黄帝的东园，或是宿在阿阁[②]的上面。每次进饮食的时候，雄的便唱起歌来，雌的在旁边舞着。那歌声却像箫，又像笙[③]。

这是因为黄帝时候，国内治安，所以凤凰都飞来了。

① 中宫：即皇帝的寝宫。
② 阿阁：指四面都有檐的楼阁。
③ 箫、笙：都是乐器名。

黄帝乘龙上天

黄帝采了首山[①]的铜，在荆山[②]下铸成了一只鼎[③]。忽然间，天空中一阵乌云飞过，更听见云中呼呼地一阵响。黄帝忙抬起头来一瞧，原来是一条神龙[④]，正俯下了头，似乎在和黄帝打招呼。

---

① 首山：山名。现今在河南省襄城县以南 5 里处。

② 荆山：山名。我国有五座荆山，本文中的荆山推测应位于河南省灵宝县阌乡南。

③ 鼎：中国古代炊食器、礼器，质地以陶、铜为主。

④ 龙：中国古代传说中的神异动物。四灵（麟、凤、龟、龙）之一。被尊为鳞之长，善于变化并能兴风雨、利万物。

那条龙的颏[①]下，满生着长长的胡须，从空中一直挂到地上，随风飘拂着，真好像是银丝一般可爱。

黄帝不知道他是什么意思，便向他问道：“你可是来迎接我上天去的？——如果是的，请你把头点三下！”

那条龙果然把头点了三下，于是，黄帝便攀援着龙身，跳上去骑在他的背上了。那些群臣们和后宫，跟随着上去的，一共有七十多人。

另外还有许多小臣，也正想攀援上去，哪知蓦然间，那条龙便飞也似的，直向天空上升了。这些小臣，知道是来不及跟上去了，他们便在这扰攘中，用两手狠命抓住龙的胡须，希望把他们一同带上天去。但是，终于因为用力太猛的缘故，竟把那条龙的胡须都拉断了，那班小臣便跟着堕了下来。黄帝骑在龙背上，受了这次激烈的震动，一失手，竟把手里的一张弓，也堕在地上了。

百姓们都仰着头，亲眼瞧着黄帝上天去了，他们便感到十分悲伤，大家就抱着那张弓和龙的胡须，放声大哭起来。

黄帝就这样登了仙。群臣们因为找不到他的骸骨，只得拿他遗留下的衣冠，埋葬在桥山[②]。把这荆山下铸鼎的处所，就定名为鼎湖。那张从天空中堕下的弓，名为乌号。

---

① 颏（kē）：即下巴。

② 桥山：即陕西省黄陵县桥山。据《史记·五帝本纪》：“黄帝崩，葬桥山。”相传汉武帝征朔方，路经此地，始建祭台，以后历代均在此祭祀黄帝。

这时，有一个黄帝的臣子，名字叫左彻的，他因为还希望黄帝再能回来，所以暂时用木头雕了一个黄帝的肖像，供在殿上，每天仍旧照例率领群臣，到殿上去朝见，和黄帝没有上天以前，一点儿也没有两样。

可是，这样过了七年，依然没有黄帝的一点儿消息，他们才知道黄帝是不会回来了，便立了他的孙子颛顼[①]做皇帝。

后来，在龙须堕下来的地方，便长出了许多像龙须一般的野草，据说，这就是现在的龙须菜。

---

① 颛顼（Zhuānxū）：与少昊、颛顼、帝喾、尧、舜并称“三皇五帝”中的“五帝”之一。

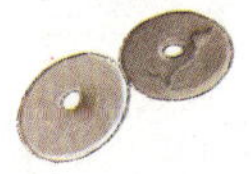

不周山的坍倒

盘古氏开辟了天地以后，据说那时天还不十分坚固，还是常常会破坏。当它每次破坏时，人民便要遭灾难了。

女娲氏屡次看见人民受着这种痛苦，心里非常难过，她便炼了许多五色石子，立志要把它修补好。并且，她还恐怕那个天，或许终有一天会完全倾倒下来，所以，她便砍断四只鳌[①]的腿，当作四根柱子，矗立在四方，顶住了天。

这样过了许多年，到了颛顼做皇帝的时候，却有一个恶人，

---

① 鳌（áo）：古代传说中海里巨大的乌龟或大鳌。

名叫共工①，他因为瞧见皇帝的尊荣，心里很是羡慕，便打算把颛顼驱逐了，夺了他的帝位。

共工和他的党羽们商议了一下，便决定率领大众，立刻去讨伐颛顼。

颛顼却连做梦也没有想到，他的国里有着这样一个大逆不道的人。现在，既然看见他们执着些石器、铜刀，嘴里喊着“杀，杀，杀”向着自己住的地方奔跑过来，才知道不是好事。他也只得率领了自己亲信的人，迎将上去，要向共工责问一个明白。

颛顼说：“共工，我本是一个奉天承命的人，上天特命我来统一天下。你不过是我的一个臣属，现在率领了许多叛徒，声势汹汹的，到这里来干什么啊？”

共工怒吼道：“我不知道什么天不天，我只知道要做皇帝。颛顼！你如果是识趣的，赶快离开这里，把这帝位让了给我。否则……”

颛顼知道他是不可理喻的了，就和他打起仗来。

骤然间，杀伐声一齐起来了：石器、铜刀，闹得山鸣谷应。到底，共工的乌合之众，不能抵挡颛顼的军队，便一齐败退了下来。

---

① 共工：中国古史传说时代一个有治水经验的烜赫古族，也指该族的代表人物。有关共工的传说，涉及黄帝、颛顼以至尧、舜、禹，可见其族有绵延长久的历史。相传该族因与水患斗争而兴，又因水患而衰落。共工氏姜姓，属于炎帝之族，居于共（今河南辉县），处在黄河转折处的北岸，是黄河水患开始的地方，其先民在长期的生存斗争中积累了一定经验、取得一定成绩，并由此兴盛起来。

颛顼瞧见共工逃跑了。他更催促部下，一直在后面追赶着，打算把谋叛的逆臣生擒过来。

共工被颛顼追迫着，不知不觉地逃到了一座叫作不周山[①]的山附近，他看看前面，再没有路好走了，一时羞怒交迸，便挺直了头颈，将自己的脑袋直向不周山上撞去，想就此自尽了。

哪知这一撞，真不得了，竟把那座不周山撞倒了。

原来这座不周山，就是当初女娲氏用来撑住天的一根柱子，也就是一条鳌的腿。不周山撞倒了，天地间就跟着起了一些变化：一时狂风暴雨大雷大作，不知道伤害了多少人。

好容易，经过了很长久的时间，这灾难才平静了下去。只是，西北边的天，却已破了一个大洞了。从此，日和月，都要向这洞里落下去；东南边的地，也就此倾斜了。所以，直到现在，地面上的水，都是向着东南方流的。

---

① 不周山：古代神话传说中的山名，相传在昆仑山西北。

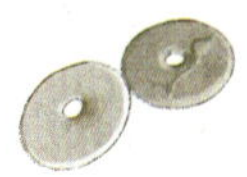

两头四手四足的怪人

这一天，颛顼正在处理一些国事，忽然外面有人进来问道："今天有兄妹二人，居然结成夫妇了，这事儿是应不应该的？"

颛顼想了一会儿，便对那人说道："依我看来，兄妹自有兄妹的关系，怎么可以变成夫妇呢？所以，这兄妹两人倒要调查明白，惩戒他们一下，以免别人学样！"

当日，颛顼便派人去把这兄妹二人捉了来，放逐到崆峒山[1]的左边，永远不准他们回来。

---

① 崆峒（Kōngtóng）山：山名。今位于甘肃省平凉市。

在那个地方，本来是非常荒僻的。现在兄妹俩被放逐到这里，既没有御寒的东西，也没有充饥的食物。而且，看看天色已渐渐地黑下来了，四处却只听得野兽乱嗥，一时又冷又饿又害怕，两个人便拥抱在一起，不觉放声大哭起来了。

哭了一会儿，渐渐地竟至声嘶力竭，两人便同时僵仆在地上，不会动了——他们竟死了。

这时，有一只神鸟，从崆峒山那边飞来，恰巧飞过这个地方。它瞧见了这一幕惨剧，似乎也表现着些恻隐而伤感的神气，只不住地在这两个尸体左右盘旋着。飞呀，飞呀，飞了好一会儿，又似乎有所觉悟般的，重向崆峒山那边飞回去了。

大约飞去有一个时辰，那神鸟忽然衔了一棵野草，重新飞回来了。它飞到那两个合抱着的尸体上面，就把那棵野草扔了下来，刚好将他们的尸体遮盖了。

原来这棵野草，名字叫作“不死草”，将它盖在尸体上面，经过了七年的光阴，那兄妹俩苏醒过来了，仍旧像普通人一般地会吃会行会说话。不过，他们的身体是永远这样合抱着，分不开了，竟变成了一个两头、四手、四足的怪人，大家便都叫他为蒙双氏。

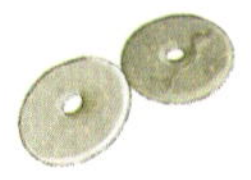

神荼和郁垒

上古，海中有一座度朔山，山上约有三千里的地方，种的全是桃树。在一株最矮小的桃树东北，有一扇鬼门，这是众鬼所出入的一条通道。

这时，有两个奇怪的人，名字叫作神荼、郁垒[①]。他们是两弟兄，却都有一种特别的本领，能够捕捉一切的鬼。

神荼和郁垒，就终日站在这鬼门外面，监视这一群鬼。如果他们看见有些凶暴的鬼，要去祸害人类的，他们就将它捉住了，

① 神荼（shēnshū）和郁垒（yùlǜ）：汉族民间信奉的两位门神。

用苇索捆绑起来，送去给老虎吃掉。因此，无论什么恶鬼，都不敢出来作祟了。

过了许多年，颛顼氏的三个儿子死了，他们却都变成了恶鬼：一个住在江水地方的，便是疟鬼，人要是遇到了它，就要发生一种疟病[①]；一个住在若水地方的，便是魍魉鬼[②]，它终日躲在水里，也常常要传播疫病给人类的；还有一个却专在人家住屋里出入的，便是小鬼，它常常要惊吓人家的小孩子

后来，幸亏有一个方相氏——他是生着四只眼睛，形状非常可怕的一个神——把那疟鬼和魍魉鬼都驱逐掉了，人民才得相安无事。不过，那个出入人家住屋的小鬼，却依旧天天在惊吓小孩子。因此，每家人家都痛恨极了，他们便去请了神荼、郁垒两兄弟，终日站在人家门口，以便等那小鬼到来时，可以捉来喂老虎。

更有许多人家，是神荼、郁垒所照顾不到的，他们便在大门上画着神荼、郁垒的肖像，和缚鬼用的苇索、吃鬼的老虎等图画，恐吓小鬼。果然，小鬼看到这种图画，便不敢再走进这些人家里去了。

所以，现在有许多人家的大门上，还是画着神荼、郁垒的肖像，或是挂着一块画老虎头的木牌，用以辟邪的。

---

① 疟（nüè）病：因蚊虫叮咬而感染的急性传染病。

② 魍魉（wǎngliǎng）：又作“罔两”，即山川中的精灵或妖怪。

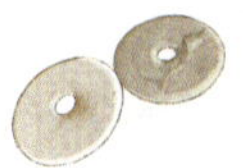

宁封子

宁封子的姓氏，已经无从查考了。相传他在黄帝时候，曾做过“陶正”[①]。

有一天，宁封子正在工场中，监督那些工人们制造陶器，窑里的火是烧得很猛烈的。

骤然间，不知道从哪里来了一个异人，他对宁封子说道：“你可要我帮助你烧火吗？”宁封子道：“实在对不起得很，我们这里烧火的工人很多，似乎用不着你的帮助了。”那异人笑了笑

① 陶正：周代官名。后逐渐变成陶瓷业所崇拜的行业神。

道："我烧起火来，很是奇妙，和普通的工人不同啊！"

宁封子听他说得奇特，便答应他道："那么就请你试试看吧！"

那异人立刻走进工场，拿了燃料，生起火来。顿时，只看见从那堆火里，袅袅地立刻飘出几缕轻烟——可是，这些烟气和普通的不同：有的是红的，有的是绿的，有的是黄的，更有白的蓝的，缭绕在整个工场中，真是美丽极了。

宁封子这才知道，这个人并不是一个平常的人，便很恳切地请求那异人，要把这法术传授给他。

不到几天，宁封子不但能照样地把烟气变成五色，而且更能够把自己的身体，随着烟气上上下下，非常自由。

有一天，他们俩正在随着烟气上升，不知怎样一来，两个人忽然间都失了踪迹。这时，工场里的工人们，都惊骇得不得了，大家忙着看在四处找寻，却依旧没有下落。最后，他们实在没法儿好想了，只得把那堆烧剩的灰烬扒开来，立刻便瞧见两副骸骨，却好端端地躺在灰中。

后来，有人把这两副骸骨，同葬在宁（níng）北山中，所以便称他为宁封子。

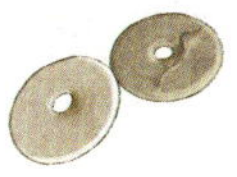

高辛氏的狗女婿

高辛氏[①]的时候，有一个住在王宫里的老妇人，忽然患了一种耳病，十分痛苦。后来医生替她诊治，却在她的耳朵里，挑出一条小虫，形状很像蚕茧。当时，就将它放在瓠篱[②]上面，并且用一只木槃[③]盖住了。

哪知过了几天，这条虫就变成了一只小狗，身上的毛发，五色斑斓，很是美丽。高辛氏也看得非常喜悦，便将它豢养在宫

① 高辛氏：就是帝喾（kù），名夋。“三皇五帝”中“五帝”之一。

② 瓠篱（hùlí）：瓠是一种植物果实；篱，用竹子、苇子等编扎而成的围栏设施。

③ 槃（pán）：同盘。

中，并且取了一个名字，就叫槃瓠。

这时候，恰巧犬戎族的酋长叛乱起来了。高辛氏听到这个消息，勃然大怒，便派了好几位大将去征讨，可是，经过了长期的战争，没法将他剿灭。

高辛氏心里烦闷极了，他便在国中宣言道："如果有人能将犬戎族征服，我情愿将爱女嫁给他做妻子，并且封他三百里的土地。"

全国的人民眼瞧着这个难得的机会，谁不想去尝试一下？只是，那犬戎酋长的凶暴，也是谁都知道的。所以，高辛氏的悬赏虽重，依旧没有人敢去应征。

这天晚上，高辛氏的那只爱狗槃瓠，忽然失踪了。起初，高辛氏虽也派人四出侦缉，但是过了几天，终因为它是一件不重要的东西，便渐渐地淡忘了。

光阴迅速，倏忽之间，早已过去了三个多月。有一天，又想起了犬戎的叛乱，正在纳闷儿，忽然外面传来一阵汪汪的狗叫声。高辛氏仔细一听，觉得这叫声十分熟识，很想出去瞧个明白。不料在这当儿，忽然有一只小狗，嘴里衔了一颗血淋淋的人头，直向高辛氏身边蹿了过来。

原来这小狗，正是那失踪三月的槃瓠。那颗人头，也就是那叛乱的犬戎酋长的首级。

槃瓠把犬戎酋长的首级，掷在地上，一边不停地跳跃着，一边却仍是向着高辛氏汪汪地叫，仿佛在向高辛氏说："我已经照

着你的宣言，将那背叛你的犬戎除灭了。现在，你也该实践你的话，把你的女儿嫁给我，把那三百里的土地封给我啊！”

高辛氏自然也懂得它的意思，不过，现在事已过去，倒有几分懊悔起来了。因此，他就对槃瓠说道：“小狗，安静些，等我去和大臣们商量一会儿再说。”槃瓠只得暂时退了出去。

当真，高辛氏立刻便召集了群臣，开始讨论这件事的处置法。

商议了好半天，哪知群臣都不约而同地道：“槃瓠杀犬戎酋长，功劳虽然很大，但是，到底它只是一个畜生，怎么可以把官号封给它，并且把美丽的公主嫁给它做妻子呢？——所以，依我们的愚见，可以不必去理睬它！”

高辛氏也以为群臣的意见很不错，他便打算把以前的宣言取消了。

可是，这事后来被高辛氏的爱女知道了，她便向高辛氏诉说道：“父亲既已说过，能够杀犬戎酋长的，就将我嫁给他。现在槃瓠衔了犬戎酋长的首级回来，为国家除了叛乱。照理，就该实践前约。况且，做皇帝的人，第一要有信用，才能治服人民。这回，父亲要是为了爱惜女儿的缘故，便失信于天下，试问，以后还能叫人相信你的话吗？”

高辛氏听她这样陈述，理由也很充足。无可奈何，只得将女儿嫁给了槃瓠。并且，划出会稽[①]东南海岛中的三百里土地，封

---

① 会稽：地名。

给了它。

他们的后裔，据说男的都是狗，女的却都是美人，后世称为尤封氏。

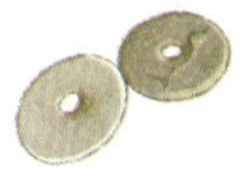

蚕是怎样变成的

槃瓠娶高辛氏女儿的事，过去不久，又有一件奇异的故事发生了。

这事发生于一家平民家里的。那时，有一个老人，在很远的地方做买卖，家里除了一个很美丽的女儿以外，就只有一匹牡马[①]。

女儿每天亲自喂养这匹马，马也十分驯良，能知人意。所以女儿在闲空的时候，还常常走到马槽边去，和马游戏。

有一天，女儿正打马槽边走过，不知怎样一来，忽然想念

① 牡马：指雄公马。

起她的父亲来了，她便带着戏谑的口吻，对那匹马说道：“马呀，我的父亲出门好久了，我很想和他见一见呢！你，如果能够立刻去把他迎接回来，我就情愿嫁给你做妻子。”

那匹马听了这话，便奋力地把那缰绳咬断了，飞也似的跑了出去，一径赶到那老人做买卖的所在去了。

那匹马见了主人，只是在他面前跳跃着、悲鸣着，仿佛有什么事情要报告似的。

老人觉得非常奇怪，暗想：“这马对我这样表示，莫不是家中出了什么事故了吗？”

因此，老人便对马说道：“马呀，你如果是来接我回去的，请你把头点三次！”说着，那匹马真的接连把头点了三次。

老人便决定要回家去瞧瞧了。他立刻跳上了马背，那匹马也就如飞一般地向着来路跑去，不一会儿，早已到了家里。老人和他的女儿，久别相见，自然是快乐非常。

老人因为这匹马能够跑许多路去接他，从此便更加爱护它，每天总是用了最上等的饲料去喂。但是，那匹马却老是现着失望的神色，接连几天，没有吃一点儿东西。而且，每次见了那老人的女儿，总是伸长了项颈，很悲愤地叫了起来。

老人更觉得奇怪了。他便趁空把女儿叫了来，细细地问她：“这匹马近来忽然变了态度，是什么缘故？”女儿不敢隐瞒，只得把前几天对它戏谑的话，告诉了父亲。

老人听说，勃然大怒。他一面告诫女儿，赶快去躲在房

里，不要出来。一面便去邀了许多人，各自带了弓箭，暗暗地伏在马棚四周。老人先走过去，对那马说道：“畜生，你也想娶人做妻子！——现在，我特地来问你一声：你到底还敢存这种妄想吗？”

那匹马却一点儿也不惊慌，反而咆哮着向着老人大声地狂叫，好像在责备他的女儿失信。老人看到这种情形，便向着埋伏的人招呼了一下。霎时，乱箭齐发，立刻将那匹马射死了。

第二天，老人剥下了马皮，晒在门口的草场上，打算把它晒干了，可以拿到市上去卖。

老人晒好了马皮，刚回到屋里，他的女儿便约了几个邻家的女伴，到草场上去游戏。她看见了这张马皮，心里十分痛恨，便向它骂道：“畜生，畜生！”并且用脚去踢了它一下。

可是，骂声还没有完，那张马皮，忽然活起来了。它很快地卷了过来，就将那女儿包裹在中间，如飞一般地往山上逃跑了。

女伴们都吃了一惊，只得赶快跑回去告诉她的父亲。但是，等到老人追到山上去找寻，那马皮和女儿，早已不知去向了。

隔了好几天，才有人在一棵大树上，找到了这裹着女儿的马皮，那女儿却早已闷死在马皮中了。而且，她的尸体又化成了无数小虫，栖在树上，食叶吐丝——这就是蚕。

蚕所吃的树叶，起先大家也叫不出什么名字来。后来，因为这是一件极悲伤的事，所以，就取了一个“伤”字的同音字，叫作“桑”。

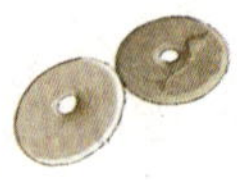

后羿射下了九个太阳

尧[①]即位没有几天，天上忽然有十个太阳，一齐出来。

在只有一个太阳的时代，每逢夏天，大家还觉得太热了，这时出了十个太阳，不但人人都很害怕，就是连那些田禾草木，也立刻被它晒得枯黄了。

尧看到这种情形，虽然十分担心，但是，那十个太阳，都是高高地挂在天空，委实也奈何它们不得。并且，那时恰好有一种凿齿民[②]，趁势作乱，扰害百姓，所以，尧更加着急起来了。

① 尧："三皇五帝"中"五帝"之一。

② 凿齿民：古代神话中来自海外的特殊人种。

这种凿齿民，牙齿却有三尺长，形状像是一把凿子。他们手里又都拿着戈盾，真是凶恶极了。尧曾几次派遣精兵良将，去讨伐他们，可是，却都大败而回。

后来，尧听见人家说："有穷国里的国君，名叫后羿[①]，他是会射箭的。如果叫他去讨伐凿齿民，也许会有成功的希望。"

尧没有别的法子好想，只得依了这计划进行。果然不到几天，后羿便将所有的凿齿民，一齐在畴华之野射死了。

尧奖励了后羿一番，并且赐了他一张彤弓，然后又和他商议，处置这十个太阳的事。后羿说："我知道在每个太阳里作怪的，就是一只三足乌，要是把这几只乌射死了，那太阳也自然会消灭了。"尧便问他道："太阳挂得这么高，你能够射得到吗？"

后羿道："我虽然不能说一定，但是，照我平日的经验看起来，也许是可能的。"

尧欢喜极了，就立刻叫后羿去试验一下。后羿仰起头来，搭上了箭，弯满了弓，只听见"嗖"的一声，那支箭便向天空中直射了上去。

霎时，从天空中便跌下一只三足乌来，天气也凉爽了不少。后羿知道一个太阳已经被他射掉了，一时很兴奋地随手再拔出箭来，接连又射了八箭，一共九箭。地上便直挺挺地躺着九只死了的三足乌，那九个太阳都不知到哪里去了。

---

① 后羿（yì）："羿"是名字，"后"是称呼，意思就是国君，相传后羿是有穷国的国君。

这时候，天空中已满布乌云，刮着大风，下起很大的雨来了。那像火烧似的天气，也就变得和秋天一般凉爽。

还有那第十个太阳，生怕也被后羿射中，便深深地躲在云中，暂时不敢出来。后羿虽然想把第十个太阳也一齐射下来，可惜他手中的箭却已经用完了，所以只得让它留在天空。

原来尧叫后羿去射太阳，却有意只给了他九支箭，这是因为尧早已预算到，那最后一个太阳是应该留着的。

到如今，世界上一切生物，都靠太阳光而生长，而且不至于过着黑暗的生活，便是尧所赐给我们的恩惠。

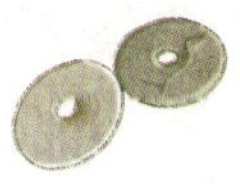

嫦娥逃到月亮里去了

西王母家里，有一种仙丹，叫作不死药。据说人如果吃了这种仙丹，便可以永远不死了。

后羿听到了这一回事，便千方百计地要想去见西王母一面。不久，果然被他找到了瑶池，他就老着面皮，开口向西王母讨不死药。

西王母因为他曾经射掉了九个太阳，对于人民很有功劳，因此，当即满口答应，愿意给他一包不死药，叫他拿回去服用。并且对他说道："这种药是十分贵重的，就是留在我这里的，也没有多少了。所以，你务必小心地带回去。要是遗失了，第二次就

不能再给你了。”

后羿连声向西王母道谢，一面就很谨慎地把那包不死药藏好在怀里。然后，得意扬扬地辞别了西王母，立刻回有穷国去了。

他一路上在想：“我做了有穷国的国君，一切人世的富贵，任我享受，的确再没有什么希冀了。只是，我一向所最怕的，就是一个‘死’字。现在，既然已经得到不死之药，那么，连这个人人所难免的‘死’字，也轮不到我的身上来了。”

后羿很快乐地想着，不知不觉，早已到了家里。他一时记起了西王母的话，忙把那包不死药从怀里掏出来瞧了瞧，幸喜依然包得很好，总算才放了心。

后羿的妻子，名叫嫦娥。正当后羿检查那包不死药的时候，嫦娥站在旁边，恰巧被她瞧见了，她便向后羿问道：“这是什么东西啊？”

后羿因为她是自己的妻子，并不防备她有什么歹意，所以就老实对她说道：“这是不死药，我刚刚从西王母那里讨来的，等一会儿，我只要把它吃了下去，便永远不会死了。”

嫦娥听说，觉得这真是一件珍贵的东西。她想：“这包药，要是我能够设法拿来吃了，不是就可以不死了吗？”

但是，药在后羿手里，她怎样能够吃得到呢？因此，她只得开始使用欺骗方法了。她假装着仿佛突然记起一件事来似的说道：“刚才有一个人来找你，说有重要的国事要和你商量呢，你不如赶紧地去料理一下再说吧——这包药，让我替你好好地保藏着，等你回来服用就是了。”

后羿果然一点儿也不疑心他的妻子，很放心地把不死药交了给嫦娥。

嫦娥瞧着丈夫出了门，她便偷偷地把那包不死药吞服了。等到后羿走回家来，非但那包药早已没有了，竟连他的妻子也不知去向了。

原来嫦娥将那不死药才吃下肚去，她的身体便如云烟一般地轻了。一霎时，不由自主地，就直向天空飞了上去。她只觉得越飞越高，却不知道飞了多少里路，更不知道飞了多少时候，最后便飞进月亮里去了——她就在那边住着，做了月神。

月亮里是冷清清的，除了嫦娥以外，便没有第二个人了。她住得寂寞极了，虽然懊悔当初不该偷吃不死药，但是，直到现在，她还是一个人住着，再没有方法回到人间来了。

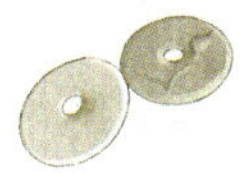

萐莆和蓂荚

每到炎热的暑天，食物总是很容易腐败的。尤其是在上古时候，一切防腐的方法，还没有发明，如果一到暑天，要想把食物多储藏几天，简直是不可能的事。

尧是非常爱惜物力的人。他虽然自奉很薄，但是，每餐吃剩下来的食物，不论莱羹、豆汤，总不肯轻易抛弃，总是好好地要把它储藏起来预备第二天再吃。

尧每天都是这样处置着，只有一到暑天，实在是无法可施了。所以当他每次发现了一些腐败的食物时，总是暗暗地想起了两个问题，他想“我就把它吃下去吧！——可是，我还想替百姓们做些有益的事，要是吃坏了身体，怎么好呢？那么，我就把它抛弃了吧！——可是，这些食物都是用百姓们的劳力换来的，我这样暴殄[①]了，怎么对得起百姓们呢？”尧被这两个问题纠缠着，一时很难解决，因此心里便觉得很难过。

这样过了几天，尧的食物橱里，忽然生出了几株怪草：它们一刻不停地摇动着，橱里便发出一阵阵很寒冷的风。橱里储藏着的食物，被风吹拂着，便永远不会腐败了——这种草，据说名叫“萐莆”[②]。

萐莆草长出了没有几天，尧恰好在办理一件重要的事情，因为那时没有日历，在忙乱中偶然记错了一个日期，险些儿把那件要事耽误了。

尧一方面责备自己的记忆力太差，一方面却一心研究，想制定一种日历，使得全国的人都有所依据。但是，这时候天文学还没有出现，随你怎样苦心孤诣，一时哪里能够研究得出来呢？

尧为了这一件事，心里也着实烦闷，渐渐地竟至寝食不安起来。百姓们都担心他快要病了，个个也都愁眉不展地非常不自在。

正在这当儿，忽然在尧的庭前，夹着阶沿，又生了几株怪草。这种草，每到月朔[③]，茎上便开始长出一荚；第二天，又增

① 暴殄（bàotiǎn）：不珍惜物品的意思。

② 萐莆（shàpú）：古代神话中表示吉祥的植物。

③ 朔：仅每月初一，称为月朔。

加一荚；第三天再增加一荚，这样到了月半，一共就生了十五荚。从此，便可以知道：一荚是每个月的第一天；两荚是每个月的第二天；三荚是每个月的第三天……照此推算下去，直到第十五天，都可以一目了然了。

不过，月半以后，日子一天一天地增加。一时要把它瞧一个清楚，似乎很不容易。所以，到了第十六天，那草茎上便落下一荚；第十七天再落下一荚……这样每天落下一荚，直到月晦[①]为止。

如果是月小[②]，最后的一荚虽没有落下的机会了，但是，等到下个月初一的荚生起，那最后的荚便立刻枯萎，使人一望便知道是已经废弃的了。

尧的天然日历，便这样形成了。他处理一切国事，便不必再担心记错日期了——这种草，据说名叫“蓂荚”[③]。

---

① 月晦：农历每月的末日，因月亮完全隐没住了，称作月晦。晦，指看不太清的意思。

② 月小：指农历中一个月只有 29 天。

③ 蓂（míng）荚：古代神话中表示吉祥的植物。

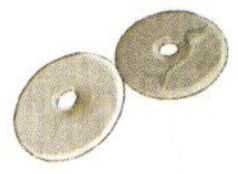

会飞行的偓佺

槐山中住着一个异人，名字叫作偓佺[1]。他每天在山中巡行着，专门采取种种的草药，替人治病。

他从来不吃一点儿烟火食的，肚子饿了，只要将他藏着的松实拿出来吃几颗，便可以挨过去了。他的全身，都生着很长的毛，大约有七寸的光景；他的两只眼睛，几乎成了方形……非常丑怪。

有一次，有一个马夫，牵了一匹马，从山下走过，那匹马忽

① 偓佺（Wòquán）：古代神话中的仙人。

然溜了韁[1]，一直向前狂奔。那马夫怕它或许会踏伤了人，毁坏了农作物，心里着急得不得了，便恳求那些过路的人，帮着他去追赶。但是，那匹马却是一匹神骏，跑得太快了，终于没有一个人追得上它。

偓佺在山上听到了这一回事，他便自告奋勇，情愿替他去追赶回来。

起初，众人都不相信他的话，所以谁也不去理他。哪知偓佺竟不等那马夫的允许，便自管自地追了上去。

众人只见他很轻快地向前跑去，仿佛两脚不着地一般，不一会儿，果真在几百里以外，把那匹溜韁的马追了回来——这一来，大家才知道他是会飞行的。

过了许多时候，偓佺又拿了几颗松实，去献给尧，可惜尧没有吃它。据说，这种松，名叫“简松”，吃了简松的果实，每个人都一直可以活到三百岁。

---

① 溜韁：缰绳突然脱落。

斑竹的来历

现在，我们所用的各种竹器中，不是有一种斑竹[①]做成的吗？那种竹上，因为有许多棕黑色的斑点，似乎比别的竹来得美丽，所以，喜欢用这种竹器的人也很多。

但是，这种竹子上，为什么生着这许多斑点呢？——其中却有一段悲哀的神话：

据说，在尧做皇帝的晚年，因为丹朱[②]不肖，便决心想把帝

① 斑竹：于碧玉色杆皮上具紫色蝶旋状斑纹，斑斑如泪痕，因此斑竹亦称泪竹或湘妃竹。

② 丹朱：尧的嫡长子。

位传给舜[1]，并且，更把自己的两个女儿，一齐嫁给他做妻子。

这两个女儿，大的名叫娥皇，小的名叫女英。她们虽然都是皇帝的女儿，但是，却一点儿也没有骄盈的习气。所以，她们和舜结婚以后，便常常跟着舜到田野中去工作，对于无论什么人，也都非常温婉谦恭。

后来，舜做了四十九年皇帝，因为要视察民间疾苦，便到南方去游历。可是，不幸得很，当他刚巡行到苍梧这个地方，终于因为操劳过度，得病死了。

娥皇和女英，当舜出门以后，她们都时刻想念着他，所以，过不了几天，便也从家里动身跟着出来了——她们依着舜所走过的路径，急急地行进，想追到舜的去处。

哪知，她们才走到湘水旁边，就得到了这坏消息。

这是多么悲伤的事！自然，她们闻讯以后，便嚎啕大哭起来。这时，她们恰好站在几竿修竹的旁边，所以，眼泪滴下去，都滴在几枝竹枝上斑斑点点的，很是鲜明。可是，事后她们曾竭力擦拭，却总是揩抹不去了。

不但这样，而且以后新生出来的竹枝，也就有斑点了——这便是斑竹的来历。

不久，娥皇和女英也死了，她们便做了湘水的神：一个名叫湘夫人；一个名叫湘君。现在在湖南地方，还有湘君庙的建筑。

---

① 舜：中国古史传说时代的古帝，称帝舜有虞氏。

并且，据一般的传说，当时她们从湘水一直到苍梧，所有沿路的竹枝上，都被她们的泪洒遍了，所以直到现在，别的地方没有斑竹，只有现今湖南和广西却产生得很多。

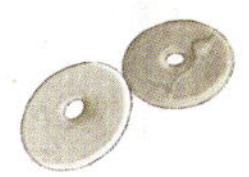

奇怪的玛瑙瓮

当高辛氏做皇帝的当儿，因为很有德行，连远方的小国，也都来朝贡。其中有一个叫作丹丘国[1]的，献了一个玛瑙[2]瓮进来。

这个玛瑙瓮，雕制得玲珑精巧，十分可爱。高辛氏收受以后，一时没有什么用

① 丹丘：传说中神仙居中的地方。

② 玛瑙：矿物。主要产于玄武岩或古熔岩的洞穴中，其成分基本是石英。中国的玛瑙产地分部广泛，几乎各省区都有。

处，就拿它来盛甘露。因为，那时候政治清明，天下太平，各种祥瑞，时时发现，所以高辛氏的厨房里，也常常是充满甘露的。

这样经过了六十多年，一直到了尧的时候，玛瑙瓮里的甘露，还是满满的，一点也没有干竭，尧就叫它宝露。

到了舜的时候，才把这玛瑙瓮放到衡山[①]上去，并且在衡山上，建造了一座宝露坛。据说，在这坛的四周，时时有云气环绕着，仿佛是护卫似的。直到舜南巡衡山后，又把它搬到零陵[②]去了。

自此以后，这玛瑙瓮里的甘露，每每就跟着时世的兴衰，自己会增多或是减少：要是时世兴盛，瓮里的甘露便会满起来；时世衰替，瓮里的甘露便一点点地减少了。

---

① 衡山：山名。今位于湖南衡山县南。

② 零陵：指舜的陵墓，“零”的本意是“涕零”的意思。为了纪念娥皇、女英，人们将舜陵改为零陵。

洪水时代的奇迹

古时洪水泛滥，尧曾使鲧[1]治理这件事。但是，经过了九年，仍旧没有成功。到了舜做天子，便保举鲧的儿子禹[2]，叫他继续父业。

禹奉了这个使命，不敢怠慢，立刻偕同益夔[3]，先到各处名山大泽间去调查水势。他每到一个地方，便召集山神，细细地问他：山川的脉理怎样？鸟兽昆虫的产生怎样？以及八方的民俗、

---

① 鲧（gǔn）：中国古史传说时代古族的代表人物。又称崇伯鲧、伯鲧。

② 禹：史称大禹，因治理洪水有功，受舜禅让而继承帝位。

③ 益夔：人名。

土地的里数等，都叫益夔记下来，不久就完成了一部书，叫作《山海经》[①]。现在把它摘出几则来看看：

招摇山，在西海上，山上多桂树和金玉。更有一种小草，开着青色的花，名叫祝馀。这花只要摘几朵来吃了，肚子就永远不会饥饿。还有一种树木，结的果子很像谷类，名叫迷谷，如果将它采下些来佩在身上，就不会被一切魔怪所迷惑了。还有一种野兽，样子很像禺[②]，耳朵是白的，能够像人一般两脚站起来走路。这种兽名叫狌狌[③]，吃了它的肉，能够跑几千万里路，不知疲倦。

钟山的山神名叫烛阴，它把眼睛睁开来，便成为白天；把眼睛闭起来，便又变做夜晚了。他用嘴吹一口气，季候就变成严冬；叫一声，就变成炎夏。它既不饮，又不食，身长约有一千里，相貌非常奇怪：人的脸，蛇的身体，颜色又是血红的，终年住在钟山的下面。

崇吾山上，有一种小鸟

---

① 《山海经》：中国古代以“山”和“海”为纲领，广泛辑录多种巫师、方士所记各地山川、神话、巫术的资料汇编文集。西汉末由刘歆（后改名秀）编定。

② 禺（yú）：中国古代神话中的一种猴。

③ 狌（xīng）狌：即猩猩。

儿，形状像凫（fú），却只有一只翅膀，一只眼睛，仿佛是从整个鸟身上剖下来的半只。它们一定要找到别的同类，互相把身体拼凑起来，才可以任意飞翔。这种鸟名字叫作蛮。据说，当它们飞出来的时候，世界上便要发洪水了。

太华山形势峻峭，高约五千仞[①]，山顶成四方形，周围约十里。山上并没有鸟兽，只有一种大蛇盘踞着，蛇名肥壝（wěi），有六只脚，四只翅膀。有人见到这种大蛇，世界便要大旱了。

昆仑山上有一个神，面貌虽和普通人差不多，但是，他的身体，却像一只老虎，而且有斑纹，有尾巴。尾巴上缀满白色的点子，样子十分可怕。[②]在他住着的地方，下面有一条弱水环绕着，水的北面，又有一座山，叫作炎火山。山中火光熊熊，要是拿物投到山中去，立刻便会燃烧起来。这山非常富庶，无论什么东西都有，而且还有一个神，嘴里生着老虎的牙齿，背后长着豹的尾巴，头上戴着一个胜[③]，终年住在洞穴中的，名字就叫作西王母。她有三只青鸟，终日飞来飞去的，据说是替她到昆仑山上去取食物的。

昆仑山的面积，约八百里，高约一万仞。山上有木禾，长约五寻[④]，粗约五围。木禾的前面有九口井，井栏都是用白玉雕

---

① 仞：古代计量长度单位。周制为十一尺为一仞，汉制七尺为一仞。

② 此处应指陆吾。陆吾是昆仑山上的神明，人面、虎身、虎爪，有九个尾巴。

③ 胜：古代妇女首饰。

④ 寻：古代计量长度单位，八尺为一寻。

成的。更有九扇门，每一扇门里，都有一只名叫开明[1]的野兽守着——开明兽身大如虎，生着九个头，容貌都和人一样，永远是向着东方站着的。在开明的西面，有几只凤凰和鸾鸟，它们的头上都顶着一条蛇，脚下也踏着一条蛇，胸口更盘着一条赤蛇。

林氏国有一种珍奇的野兽，大小和老虎相仿佛，身上五色斑斓，尾巴很长，名字叫作驺（zōu）。有人骑着它，一天可以走一千里路。还有一种巴蛇，全身是黑色的，头部是青色的。它因为身体长得太大了，平常的一切野兽，委实不够它一嚼，因此，常常只找寻些大象来充饥——也许正如我们吃一只小虾一般，要经过三年以后，才会把骨头慢慢地吐出来。

昆仑山的东面，有几个本领很大的神人住着，他们的名字叫作巫彭、巫抵、巫阳、巫履、巫几、巫相。以前曾有一个蛇身人面，名字叫作窫窳[2]的，忽然被人杀死了，他们能够用不死的药，使那窫窳的尸体，死而复生。

此外，还有不少奇异的地方，产生不少千奇百怪的鸟、兽、草、木，一时也说不尽这许多了。

---

① 开明兽：开明兽也是昆仑山上的神兽，有九个头、虎身、人面。开明兽不等同于陆吾。

② 窫窳（yàyǔ）：古代传说中神祇之名，原为人首蛇身，后因故化为龙首猫身。

防风国的两个凶神

上古的制度，凡是做天子的，每隔五年定要到各处去巡狩一次。

禹即了帝位，天下已经很太平了。过了几年，也照例到各处去巡狩。有一天，到了茅山[①]顶上，禹觉得那座山的形势很好。如果就在这地方做个开会的场所，似乎是很适宜的。因此，他便发出一道命令，立刻召集诸侯们，到茅山上来见。

这一次的大会，因为是专门计划治国的道理的，所以，禹

---

① 茅山：就是会稽山。

就把茅山的名字，改成了“会计”——后来也有人将它写为“会稽”了。

闲话慢表，再说当时四方的诸侯，自从接到了禹的命令，他们便急忙动身，一齐向着茅山进发。不多几天，就已到了目的地了。茅山顶上，顿时挤满了黑压压的人头，非常热闹。有人约略地计算一下，大约执玉帛①的，一共有一万多国，这真可算是自古以来，第一次的盛会了。

在这些诸侯之中，心悦诚服地来会的，自然是居于多数；但是，其中也有桀骜不驯，一时因为畏惧禹的势力，不得已而来的，像防风国的两个凶神，便是属于这一类的。

这两个凶神，来的时候，手里既不执玉，又不执帛，却是执着两张大弩，形状已是十分地野蛮了。哪知他们一遇着大禹，不问情由，便举起大弩，搭上了一支利箭，直向他射了过去。幸亏大禹躲避得很快，总算没有被他们射中。

这时候，两个凶神看见大禹神色不变，心中正在吃惊，忽然间，天上却已布满了乌云，轰隆轰隆地打起雷来了，一道道的电光，不住地只向着两个凶神的身上闪着。因此，两个凶神更加手足失措，不知怎样才是。

他们暗想：“大禹的确是一个伟大的神人，所以我们侵犯了他，天也要责罚我们了。可是，与其被迅雷击死，倒不如自尽了

---

① 玉帛（bó）：指古时诸侯们见面时互赠的礼物。

吧！”他们一面想着，一面便拔出一把刀来，向着自己的心窝里刺了进去。

仁慈的大禹，看到这种情形，不但不怨恨他们，却反而动了恻隐之心。他立刻便去找了一株“不死之草”来，亲自给他们治疗，那两个凶神，才重新活了过来。

不过，他们的胸前直穿到背后，永远是留着一个大洞了。后来他们的子孙渐多，便另成一国就叫作贯胸国。

贯胸国里的人民，却有一件极便利的事，就是他们每天出门，可以不必坐轿，不必乘车，只要用一根木棍，向着那胸口的洞中一穿，前后雇两个人抬着，便可以很舒适地到处游行了。

三千多人像牛一般地喝酒

舜把帝位传给禹，改国号为夏。自此以后，帝位便一直传给他的子孙，一共传了十多代。经过四百多年，最后传到桀[①]，桀竟肆无忌惮地暴虐起来。

桀是生性残暴，只贪快乐的人。所以他做了皇帝，就把国家大事搁着不问，一心只注意搜刮民间钱财，供他个人作乐。因此，百姓异常怨恨，个个都希望他早些死亡。

桀常常把自己比为太阳，百姓们便赌着咒道："太阳呀，你

① 桀（Jié）：夏朝最后一个王。又名履癸，夏王发之子，姒姓。

为什么不快快地灭亡呢？要是你有一天真能够灭亡了，就是连我们同归于尽，也是情愿的！”从这一段话里观察起来，就可以明白当时百姓们痛恨他的程度了。

但是，桀却永远不会觉悟的，他仍旧是任性地兴建许多楼台亭阁，整日整夜地住在里面，听歌饮酒，非常逍遥。

他又听了他妃子妹嬉的话，在园中开凿了个极大的池子，池中装满了美酒，取名叫作“酒池”。酒池落成那一天，桀便发下一道命令：叫他的侍臣们，装作牛喝水的样子，伏在池边上喝酒。一时竟有三千多人，被他逼迫着，不得不照他的话去做。

有几个不会喝酒的，只喝了几口，早就酩酊[①]大醉，不知怎样一个不小心，便跌在酒池里溺死了。可是，桀和妹嬉，非但一点儿也没有怜悯他们的意思，反而拍手大笑，当作一件极有趣儿的事。

这样玩了几天，玩得厌了，桀又叫人把自己动物园里的一只老虎放出来，让它在热闹的大街上奔跑。桀和妹嬉，却远远地站在一个高楼上瞭望着。当他们看到那些百姓们惊慌失措，四处逃跑，便又很快乐地哈哈大笑起来。

妹嬉还有一种奇怪的嗜好，就是喜欢听撕裂绸缎的声音。桀因为要讨得她的欢心，便收集了民间的几千万匹绸缎，叫人一匹匹地撕碎来给妹嬉听。那百姓们纺织绸缎的艰难困苦，他却一点

① 酩酊（mǐngdǐng）：形容醉得迷迷糊糊。

儿也没有想到。

桀这样的荒淫无度，竟一天比一天厉害了。百姓们徒然在心中怨恨，终于也无可奈何。

幸亏，当时有一个小国的国君，名字叫作汤[①]的，看到这种情形，心里很是不忍，便决心起兵，援救那些受苦的百姓们。

不久，汤便灭了夏朝，将桀捉了来，监禁在南巢[②]这个地方。自己代桀做了皇帝，改国号叫作商。

---

① 汤：商朝的建立者，原为商族部落领袖，主癸之子。

② 南巢：现今安徽省巢湖南。

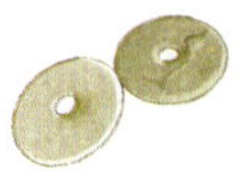

飞沙填没了长夜宫

夏桀暴虐无道，百姓们都很怨恨他。但是他的力气很大，能够徒手打死老虎，所以大家也奈何他不得。

自从他去征伐蒙山，娶了妹嬉回来，便事事都听她的指使，更加穷奢极欲，荒淫无度了。

不久，桀又听了妹嬉的话，预备在宫中建筑起一座瑶台来，作他们游乐的场所。于是，他便发下一道命令，要征集全国的百姓来替他做工，并且还要他们尽力地捐助钱财。因此，百姓们财穷力竭，十分困苦。

有一个大臣名叫关龙逄（páng）的，看到这种情形便劝他道："古时候的皇帝，都是爱百姓，讲俭朴的，所以国家也很安宁。现在，你用钱好像永不会穷尽似的，杀人又不当怎么一回事，要是再不改过，也许亡国就在眼前了！"

桀却冷笑道："哼，你要明白，我之有天下，犹如天上有太阳，太阳会有灭亡的时候吗？——这是你的妖言罢了，要知道，妖言惑众是犯罪的。"说着，便叫人把关龙逄拿下，绑出去斩了。

从此，便没有人再敢劝谏他了。桀不但照着计划，把瑶台建筑好了，更在深谷中造了一座长夜宫，预备和妹嬉以及亲信的人们彻夜作乐。

这座长夜宫，造得非常精致，其中雕梁画栋，真是说不尽的繁华。造成以后，桀便率领妹嬉和宫女们，昼夜住在宫中，并且邀了一班幸臣，整日饮酒、奏乐。这样男男女女的混杂在一起，每夜总是直到天亮，才肯散去。

桀在夜里饮宴得疲倦了，白天就整日地睡觉休息，这样接连十旬，他一直没有上朝去听政。一切国家大事，只凭着他所亲信的几个佞臣，任意处理，国事自然便紊乱得一塌糊涂了：狡猾的莠（yǒu）民，可以放大胆子欺压弱者；驯良的百姓，受了冤屈没有地方申诉。搅得天怒人怨，国家也不像国家了。

有一夜，桀兴致勃勃的，又在长夜宫中，开怀痛饮。不一会儿，忽然听见谷外风声呼呼，霎时飞沙走石，连这建筑得很坚固的长夜宫，也摇动起来了。

桀知道事情不妙，急忙搁下酒杯，扶着妹嬉慌慌张张地冒险逃出谷外。幸亏，这些沙石是只向谷中飞投的，所以逃出了谷外，桀的性命总算保住了。

大风刮了一夜，沙石也飞了一夜。等到第二天早晨，有人走过谷外，那深谷已看不见了，长夜宫也不知去向了——原来一夜的飞沙走石，已经把深谷填平，长夜宫自然是埋没在深谷中了。

据说，这是上天恼怒他的无道，所以特地给了他一次惩戒。

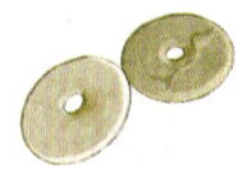

百姓们为什么敬重桎梏

商朝传到了盘庚，便把国号改为殷。这样经过二百四十多年，传到纣做皇帝，却又像夏朝的桀一般地暴虐无道起来了。

纣不但搜刮了民间的财物，供他一个人享用，并且还添置了种种残酷的刑具，威吓百姓们，不准他们说一句怨话。其中最厉害的，便要算是炮烙[①]之刑。这种刑具，是用金属做成的一根空心柱子。如果捉着了反对他的人，立刻就在柱中生起火来，使那柱子烧得又红又热，然后将那人绑在柱上，活活地烤死。他又

① 炮烙（páoluò）：中国古代酷刑。

造了一千副桎梏[①]，凡是诸侯们不去谄媚他的，便捉来先打一顿，再加上桎梏，永远监禁，或是砍死。殷朝的诸侯，有称为三公的，就是西伯昌[②]、九（chōu）侯和鄂侯。当时，纣不知道怎样一不高兴，便把九侯捉来杀了，竟将他斩成了肉酱。鄂侯眼瞧着这惨状，便竭力和纣争辩，责备纣不应该这样残酷。哪知纣却连带地痛恨鄂侯，也将他杀了，并且将他的尸身，腌成了人干。

西伯昌虽然不在面前，但是，他后来得到了这个消息，也不禁深深地叹了一口气。不料这叹声却被个叫作崇侯虎的听见了，他便去告诉了纣。纣非常愤怒，立刻又把西伯昌捉了来，监禁在羑（yǒu）里这个地方。

西伯昌本是一个极仁厚的人，他一向敬老、慈幼，礼待贤者，而且能够和百姓们同甘苦，很得民心。所以百姓们知道他被监禁了，个个都有些愤愤不平起来。

纣看见百姓们这样激昂，他便暗地里差了人去，把西伯昌的长子名叫伯邑考的捉了来，将他放在一只大锅子里，烧煮成羹，再叫人拿去给西伯吃。西伯不明白其中的秘密，竟毫不迟疑地吃了，于是，纣便宣言道："圣人是决计不会吃自己的儿子的，现在西伯昌吃了他儿子的肉，谁说他真是圣人呢？"

百姓们虽然不敢和纣计较，可是，从此同情西伯昌的人，却更加多了。

---

① 桎梏（zhìgù）：脚镣和手铐。

② 西伯昌：西伯即西方诸侯之长。纣曾封周文王为西伯，昌是文王的名字。

西伯昌在羑里监禁了七年，幸亏闳（hóng）夭、散宜生、南宫适（kuò）一班人献了些宝物给纣，总算才放了出来。

过了几年，西伯昌死了，他的儿子武王①，便起兵灭殷，做了天子，后追尊西伯为文王。

武王在纣的宫里，搜出那一千副桎梏，叫百姓们拿去丢在河里。百姓们受了命，却恭恭敬敬地拿着桎梏，走到河边，然后一齐跪下来致了敬礼，才很郑重地丢到水里去。

武王看得很奇怪，便问他们是什么缘故。百姓们道："从前西伯昌的手足上，曾经加过这种刑具，我们因为思念西伯昌，所以连他戴过的桎梏，也很敬重呢！"

这就可见百姓们对于西伯昌的爱，是何等的真挚、热烈啊！

---

① 武王：中国周朝第一代王。姬姓，名发，周文王的儿子。文王长子伯邑考为商王纣杀害，立发为太子。文王死后，太子发继位，将周都从丰迁到镐，即宗周（今陕西西安市长安区西北）。

葛由骑木羊上绥山

周成王[1]初年，在一条街市上，忽然出现了个怪人——他的名字叫作葛由，每天只是用了种种木块，很勤奋地在雕刻许多木羊。雕刻成功了，他便陈列在街上，叫喊着，以便招徕主顾们来购买。

人家因为他雕刻得玲珑精细，十分可爱，就有买了去当作玩具的，所以，他的生意倒也很过得去。

这样过了许多时光，有一天，大家正围着葛由，要向他购买

① 周成王：姬诵，周武王的儿子。

木羊。哪知葛由却向众人谢绝道："请你们原谅，今天我不做生意了。"众人都觉得奇怪，便问他道："那么，什么时候再做生意呢？"

葛由摇着头道："永远不做了，而且，永远要与你们分别了！"

说着，只见他随手拿起一只木羊，对着它的耳朵边说了几句话，那只小小的木羊，便渐渐地大起来、大起来，竟大到比真的山羊还要大了。

围着他的人，都瞧得诧异极了。有的人，便走上一步，打算向他问个明白。不料，那葛由却早已一脚跨上了羊背，向众人拱了拱手道："对不起，我们再会了！"

真奇怪，这时候那只木羊的四条腿，也居然飞也似的跑起来了，倏忽之间，便已到了蜀中。

蜀中的许多王侯贵人，知道了这一回事，便一齐跟在他后面，想把他追回来。大家这样不知不觉地，竟一直追到绥（suí）山顶上去了。

这座绥山，就在峨眉山的旁边，山顶是很高很高的，山上种的全是桃树。这班人跟着葛由跑了上去，却从此不见他们回来。

干将莫邪

楚国有夫妻两人，夫名干将，妻名莫邪①，他俩都是铸剑的名手。

楚王听说他们有这样大的本领，很是妒恨，他便要想出法子来作弄他们了。

有一天，楚王使人去叫了干将来，对他说道："我听说你们夫妻两人铸的剑，是天下闻名的，因此，我很羡慕。现在，我想请你给我铸两柄剑，一柄要雌的，一柄要雄的，即刻便要拿来。

① 干将（gānjiāng），莫邪（mòyé）：春秋时候吴国人，是一对夫妇。

倘若做得慢了，我便要杀死你的！”

干将回到家里，就开始忙着铸剑，哪知这剑却非常难铸，一直工作了三个年头，才把两柄剑铸成功。他自己知道，工作了这样长久，即使将两柄剑一同拿去，献给楚王，也一定没有好结果的。因此，他便决意拿一柄雌剑去见楚王，却把雄的一柄留下了。

这时，他的妻子莫邪，正怀着身孕，将要生产了。他临走的时候，对她嘱咐道：“当时楚王叫我铸一柄雌剑一柄雄剑，他要我立刻便拿去的。现在，我铸了三年才成功，楚王一定很恼怒了，倘若把剑拿去，他当然要杀死我的。

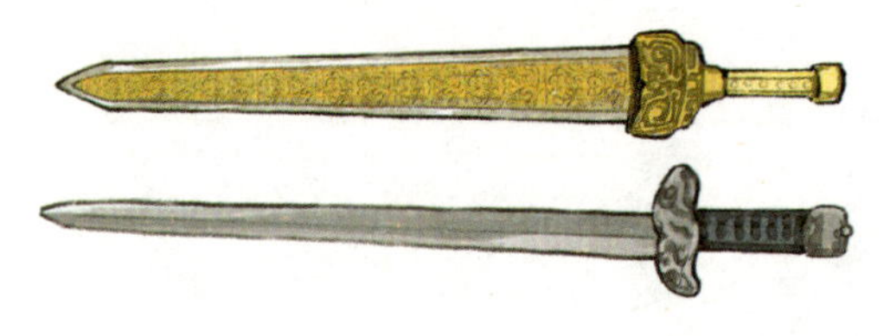

现在，我已准备被杀，只把雌剑拿去，将雄剑留着。你若是生了儿子，等他长大了，你便将这事告诉他，并且和他说，对着我家门口的那座南山中，有一棵大松树生在大石上，那柄雄剑，就在这松树的背面。”说罢，他便别了莫邪，带了雌剑去见楚王。

楚王见了干将，便大怒道：“怎么你过了三年才把剑拿来呢？”于是，便叫人拿了剑来看。却只见一柄雌剑，并没有雄剑。因此，他更加愤怒了，说道：“我叫你铸两柄剑，你为什么只铸了一柄？我叫你立刻拿来，你又挨了三年，这不是故意违背我的命令吗？”

楚王大怒之下，竟照着三年前的约言，将干将杀死了。

后来，莫邪果然生了一个儿子，取名赤比。等到他长大时，有一天，忽然问他的母亲道：“我自降生到现在，从来也没有看见过父亲，不晓得我的父亲在什么地方，请母亲告诉我，因为，我很想见一见父亲呢！”

莫邪被赤比一问，想起了干将，不觉流下泪来道：“你的父亲因为给楚王铸雌雄两柄剑，铸了三年才铸成，他知道楚王必定要杀他了，所以只将雌剑拿了去，却将雄剑留了下来。谁知他到了楚王那里，果然立刻被杀了。这时，正是你将生的那一年。他临走，叫我将来告诉你：对着家门口的那座南山中，有一棵大松树生在大石上，那柄雄剑，就在这松树的背面——大约他是希望你去将它取出来呢！”

赤比听了母亲的话，非常悲愤，立刻跑到门外去望了一回，但是，哪里有什么山的影子，他一时很觉失望。后来回到屋里，偶然看见朝南有根松木的柱子，恰好装在一个石础上面，他便大悟道：“原来父亲的话，是一种隐语啊！”

他拿了一柄斧头，将柱子破了开来，在柱子的背面，果然得到了那柄雄剑。他拿了这柄剑，想着父亲的惨死，痛恨楚王到了极点。他便日夜地考虑，打算向楚王去报仇。

同时，有一夜，楚王做了一个梦，梦见一个双眉分离得很开的孩子，怒目向着他，厉声地对他说道：“你杀了我的父亲，现在，我要向你报仇了。”楚王惊醒之后，便叫了一个画师来，将梦中那孩子的面相告诉了他，叫他照着描画出来。画好了，楚王便叫人去把这肖像贴在热闹地方，悬着千金的赏，购买这孩子的头。

赤比听到了这个消息，急忙逃开了去。他逃到了一个深山里，一面走着，一面唱着很悲哀的歌曲。

山里有一个人，恰巧碰见了他，便问他道："你小小的年纪，为什么这样悲伤呢？"

赤比道："我的父亲名叫干将，我的母亲名叫莫邪。楚王将我的父亲杀死了，我想要报仇呀！"

那人道："我听见楚王正出了千金的赏赐，在买你的头呢！你把你的头和那柄剑交给我，我便给你去报仇！"

赤比道："感激得很！"说罢，便拿起剑来，将自己的头割下了，他举起了双手，捧了头和剑，交给了那人以后，他的尸身，却还是硬挺挺地矗立着。

那人看到这种情形，便对着他的尸身道："请你放心，我是不会辜负你的！"于是，他的尸身才倒了下去。

那人拿了头，藏着剑去见楚王，说道："听说大王悬了赏，购买赤比的头，现在我已经取到了，特来献给大王！"

楚王将头细细地查看了一下，果然和梦中那个孩子的相貌是一模一样的，便很欢喜地立刻赏了他一千金。

那人又对楚王说道："这个是勇士的头，留着也许有祸祟，应当放在大锅子里去煮烂它才是。"

楚王依了他的话，叫人拿了去煮。哪知，直煮了三日三夜，那头还是好好的，一点儿也不腐烂，而且常常从水里钻出来，怒目疾视着。

那人又去向楚王说道："这孩子的头，煮了三日三夜，仍旧煮不烂，大王何不亲自去瞧瞧呢？"楚王听了他的话，真的便亲自去查看。不料楚王的头刚伸到锅子上时，那人便拿起剑来将它割下，立刻滚到锅子里去了。那人也便将自己的头割向锅子里。于是三个头便一同煮烂，再也分辨不出哪一部分是属于谁的了。

后来，人们将这肉汤分成三处埋葬了，就称它为三王墓。这个墓，据说是在汝南[①]宜春县。

---

① 汝南：现今河南、安徽地区。

七夕的故事

每年夏秋之交，在天气清明的晚上，我们如果抬起头来，向天上望一望，常常可以看见，有一条灰白色的像带子一般的东西，横在半空。据传说，这是天上的一条河流，名字叫作天河。

天河的西面，有一颗星，名字叫作牵牛。天河的东面，也有一颗星，名字叫作织女。它们隔着一条河流，面对面地永远这样站着，你们知道是什么缘故吗?

原来自天地开降以后，天上就有一个天帝[①]管理一切。这个

① 天帝：中国神话人物。

织女，就是那天帝的女儿。

织女生来非常聪明，手脚又十分勤快。她每天住在河东的天帝宫里，没有事做，便专心学习纺织的事情。不久，居然被她发明了一种绵，织出来五颜六色的，很是美丽。自此以后，她便格外地勉力了，一天到晚，只是忙着织锦，从来也没有浪费一刻光阴的。

自然，天帝对于这个勤劳的女儿，是十分惬意的。

这时，河西住着一个牵牛郎。天帝每天看见他牵着一头牛，一刻不停地在田里工作，也很赞美他的勤劳，因此，便把织女许配给了牵牛郎。

哪知，织女和牵牛郎结婚以后，他俩的性情却大大地改变：一年到头，织女既不再织出一匹锦来；牵牛郎也从不知道到田里去望一望。两人整日地只是贪着游戏，委实变成了一对懒人了。

渐渐地，这消息竟传到了天帝的耳朵里，天帝不觉大怒，于是立刻便把织女叫了回来，不准再到河对面去和牵牛郎一块儿住——并且，定了一条规则，只准他们在每年七月七日那天晚上可以会面一次。

天帝定了这条规则，在他自己想起来，总算是已经万分宽恕的了。但是，按到实际，却仍旧和永远不准见面没有什么分别。因为，他们住着的地方，隔开了这么辽阔的一条天河，那河上既没有桥梁，河里又没有船只，试问，他们还有什么方法，可以走过来相会呢？

所以，这一年虽然已经挨到了七月七日那天晚上，可是，织女和牵牛郎，一个站在河东，一个站在河西，依旧像平日一般地，互相遥望着，依旧不能谈一句话。

站了好一会儿，他们觉得实在没有会面的希望了。不知怎的一阵心酸，两人便同时放声大哭起来。

这哭声，却惊动了天河边宿着的一群乌鹊。它们眼瞧着这种情形，很是可怜，因此，它们便张开了双翼，一只一只地接续着，飞去停在那河面上，立刻造成了一条鹊桥。

织女踏在这些乌鹊的背上，一步一步地走去，居然渡过了河，和那久别的牵牛郎相见，而且诉说了许多别离后的衷曲。直等到天快亮了，织女仍旧从那鹊桥上渡过河东，那些乌鹊才散了开去。

一直到现在，每年在七月七日那天晚上，我们如果细细地考查起来，全世界的乌鹊，一定要比平日少些，因为，它们都到天河上架桥去了啊！

所以每年农历七月七日那天晚上，人们也就特地替它起了个名字，叫作“七夕”。

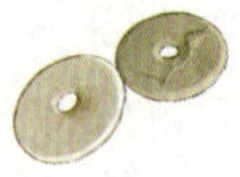

受冤的孝妇

汉朝时候，东海[①]有一个孝妇，姓周名青，家里很贫苦。她的婆婆，年纪已经很老，一点事儿也不能做了，只靠着媳妇赚了钱来养活她。媳妇虽然很辛苦地在赚着钱，但服侍起她的婆婆却还是十分周到，使婆婆过得很舒适。自然，因此她自己便心力交瘁（cuì）了。

婆婆看了这种情形，很是可怜她，对她说道："你因为要养活我，伺候我，所以受到这种痛苦，叫我怎么忍心呢？唉，我是

① 东海：现今山东省东南、江苏省东北地区。

已经老了，活着也没用了，何必再来拖累你们年轻人呢？”

媳妇听了婆婆的话，心里很觉悲伤，但仍装着笑容，宽慰了婆婆一番。她以为婆婆听了她宽慰的话，自会安心，便自管工作去了。哪知婆婆却已抱了自杀的决心，就在这天，背着人上吊死了。

婆婆的女儿得到这个消息，便到太守[①]那里去诬（wū）告道：“我的母亲，被嫂嫂谋杀了！”

太守听了那女儿片面的话，很是愤怒，把媳妇捉了来，用了残酷的刑罚，狠毒地拷打她。媳妇受不住苦痛，把女儿诬告她的事都承认了。于是，太守定了她一个死罪。

狱吏于公却是很清明的，他看到了狱词大抱不平，到太守那里去代她申诉道：“这个妇人，她赚钱养活婆婆，已经有了十几年了，远近的人，都称她是孝妇，照这样看起来，怎会杀死婆婆呢？狱词上所定的死罪，一定是冤枉的，还要请你再调查一下才是！”

但是，太守却很固执，不肯相信于公的话，虽经于公竭力地争辩，还是一点没有效验。于公临走的时候，知道孝妇的冤枉没有洗白的希望了，很是伤心，不觉抱着狱词哭出声来。

当孝妇周青行刑的时候，她叫人用车子载了根十丈长的竹竿矗在刑场上，竹竿上挂了五面旗子。她当着围看热闹的众人立了

---

① 太守：汉朝时期的官名。

一个誓道："周青若是谋杀了婆婆，应当得到死罪，那么愿意将头杀下伏罪，并且，把我的血泼在竹竿上，必定顺着竹竿向下流的；周青若是没有谋杀婆婆，不应得死罪的话，那么把我的血泼在竹竿上，必定向上流的。"

她立罢誓言，便到了用刑的时候。她的头被砍下后，大家看见她的血并不是鲜红的，却是青黄色的。有人把她的血泼在那根十丈长的竹竿上：奇怪，这青黄色的血，立刻向着竹竿尖倒流了上去，过了一会儿，才慢慢地流了下来。于是，孝妇周青的冤枉才大白。可是，她已经枉死了。

这时，那个太守恰巧要离任，换了一个新太守来。

于公便将这件冤枉的案件，去对新太守说了。

新太守很相信于公的话，立刻，便亲自到孝妇坟上去祭奠，并且旌表[①]了她的坟墓。

---

① 旌（jīng）表：即表彰。多指古时官府为忠孝节义的人立牌坊赐匾额。

泰山府君

泰山脚下有一个姓胡名母班的人，有一次他到长安去，打从泰山旁边经过，忽然在树林里，遇见了一个穿绛色衣服的驺卒[①]的。那驺卒一见了胡母班，便大声地说道："泰山府君请你呢！"

胡母班被他叫住了，十分惊诧，立着一句话都说不出来。过了一会儿，又来了一个驺卒，和前个一样地向他说道："泰山府君[②]请你呢！"胡母班经他一催促，便不自知地跟着他走了。走了几十步之后，那驺卒又对他说道："现在请你将眼睛暂时闭一

---

① 驺（zōu）卒：泛指一般仆役。

② 泰山府君：中国民间宗教信仰之一，主管阴司的神仙。

下，一会儿就要到了。到时我自会告诉你的，否则，你千万不要睁开眼睛来！”

胡母班依了他的话，将眼睛闭着，只觉两脚已离了地，仿佛在空中飞腾一般，过了一会儿果然便听见那驺卒说道：“到了。”他一睁开眼睛来，只见面前排列着许多高大庄严的宫室，直使他看得惊疑不止。

那驺卒便带他进了宫，拜见了泰山府君，府君十分优待他，而且特地为他设备了一桌很丰盛的酒席，府君亲自陪着他喝酒。席间，府君对他说道：“我请你来没有别的用意，不过，要请你带封信给我的女婿罢了！”

胡母班受了府君殷勤的款待，知道是不会有什么恶意的，便很从容地问道：“请问令婿在什么地方呢？”

府君道：“我的女儿是嫁给河伯的。”

胡母班道：“您叫我带信去，不晓得应该怎样送法？”

府君笑答道：“你此去经过河的中流时，只要敲着船边，叫几声‘青衣’，便会有人来拿的！”

胡母班喝完了酒，辞别了出来。刚才引导他的那个驺卒，仍旧叫他将眼睛闭着，不久，便到了先前来的那地方。后来他坐了船，放到河的中流，照着府君的话，将船边敲了几下，喊了几声“青衣”，果然立刻有一个婢女从河里走出来，拿了信去，便不见了。

过一会儿，婢女又出来了，对胡母班道：“河伯要请你去见一见！”

胡母班点着头答应了她。婢女也请他闭起眼来。即刻便到了河伯府里，河伯也大设酒筵请他，也是非常地殷勤。

胡母班回去的时候，河伯对他说道：“劳你老远地给我带信来，我是很感激的。现在，我打算送一件东西报答你！”说着，叫身边的人，去拿了他自己穿的青丝履来，交给胡母班道：“这双青丝履请你收下，留一个纪念吧！”

胡母班回来的时候，闭着眼睛，不知怎样便回到了船里。后来他便到了长安，住了一年多。他回去的时候，经过泰山的旁边，便敲着树说道：“胡母班从长安回来了，要来报告消息。”

前次那个驺卒立刻又出来引导他，嘱咐他照着老法闭起眼睛，不久，便到了泰山府君的宫里。他便将河伯的回信，交给了府君。

府君接到信，很客气地对他说道：“多多地烦劳了你，容我以后图报吧！”胡母班谦逊了一会儿，因为这时忽然觉得肚子有些疼，便往厕所里走去，哪知刚走进了门，就看见他已死的父亲，上着刑具，跟着和他同样的几百个人，一起在做苦工。他看了很觉伤心，急忙走过去，跪着哭起来道：“父亲，你为什么会弄到这样的呢？”

他的父亲道：“我死之后，不幸被派做三年苦役，现在已经做了两年了，困苦得真是难以形容啊！我晓得你已被府君所赏识了，你可以给我去求求府君，请他免去我这苦役，赐我做一个家乡的社公[①]吧！”

胡母班照了父亲的旨意，去请求府君。府君道：“活人和死人是处于两个境地，不可互相接近的，你父亲的苦役，你也不用去怜惜他。”后来经不得胡母班苦苦地哀恳，才允许了他的请求。

胡母班辞谢过府君，回到家里，过了一年多，不知怎地，他的儿子们都生起病来了，虽然尽心地医治着、看护着，终于是一点儿效验也没有，儿子们便这样接连地全死了。他急得什么似的，他没有别的办法了。无可奈何，只得跑到泰山旁边去，敲着树，要求府君救护。

他敲了几下树，那驺卒又走了出来，领着他去见府君。他对府君说道：“自从我回家之后，不知道为什么，儿子们都相继死了。我怕将来还有别的祸患发生，所以急忙来告诉您，要请您可怜我，救救我才是！”

府君很惋惜地道：“从前你请求我，免去你父亲的苦役，起初我不答应，就是怕你和你父亲接近了，要得到这样的灾祸呀！”说罢，便派人去叫胡母班的父亲来问话。

不久，胡母班的父亲走了进来。府君见了他，很生气地说道：“从前你叫你儿子来请求我，罢免你的苦役，回家乡去做社公，我本不愿允许你的，因为你儿子的孝心所感，便都答应了

① 社公：即土地爷。

你。我想你回去之后，总应当替你儿子造些幸福了，现在，反而将孙子们都克死了，这是什么道理呢？”

胡母班的父亲被府君责问了，颤抖着答道：“蒙您的恩典，使我回到久别了的故乡，心里非常开心。又得着佳肴美酒的供养，每天饱食醉酒很觉适意。因此，更加思念着孙儿们，便统统叫了他们来，和我一块住着，以便时时刻刻可以和他们会面。”

府君听了这话，又狠很地责罚了他一番。

父亲知道了自己的过错，大为伤心，流着泪退了出去。

后来胡母班也便回去了。从此之后，他所生下来的儿子，便都没有一点儿灾殃了。

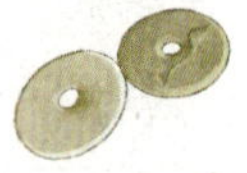

细腰

张奋家里本来是很富的，后来他年纪大了，家里忽然衰败起来，便将他自己住着的一间大屋子，卖给了程应。

程应买了房子，非常高兴，立刻把全家的人都搬了进去。哪知他们一搬到这屋子里，不久大家都生起病来了。程应大惊道："这屋子里一定有妖物作祟（suì），这是一间不吉利的屋子，所以一住进来，都会生病的。"

于是，程应便把这屋子去转卖给何文。

何文却不信妖物，他说："倘若真是妖物，我也要想法子去镇服它的！"

可是，他家里的人却不敢去住。他只好一个人先搬了进去，等到太阳已经完全西沉了，他便拿了一把大刀，跑到北堂中，躲在梁上去等待着。一直等到三更时候，果然看见一个身体有一丈多长的人，戴着高大的帽子，穿着金黄的衣服，走进堂中来，高声地叫道："细腰！细腰！"

立刻便有一个细长的人答应道："喏（rě）、喏、喏！"

穿黄衣服的人问道："这屋子里为什么有生人呢？"

细腰答道："没有呀！"

穿黄衣服的人听了，也不说什么，便自去了。

一会儿，又来了一个戴着高大帽子，穿着青衣服的人，叫了细腰来同样地问道："怎么有生人呢？"

细腰仍答道："没有呀！"

穿青衣的人走后，又跑来了一个戴高帽穿白衣的人，他一走进来，也喊着细腰问道："怎么满屋子的生人气呢？"

细腰还是回说："没有呀！"

等到天快要亮的时候，何文便从梁上走了下来，学着他们的样子，在堂中高叫道："细腰！细腰！"

细腰果然立刻就来了。他不知道何文是人，还以为是他同类呢！何文便问细腰道："穿黄衣的是谁？"

细腰道："他叫作金，住在堂西面的墙壁下。"

何文又问道："穿青衣的呢？"

细腰道："他叫作钱，住在堂前，离井边五步的地方。"

何文暗自思度了一下，便又问他道："穿白衣的呢？"

细腰道："他叫作银，住在墙东北角的一根柱子下。"

何文便又和颜悦色地向细腰道："那么你是谁呢？"

细腰极谦恭地道："我名杵（chǔ），现在就住在厨房里！"

细腰见何文不再问什么了，他便回厨房去了。第二天早上，何文照了细腰所说的地点，先到堂西墙壁下去掘，果然得着五百斤金子；在墙东北角的一根柱子下，又掘着了五百斤银子；在堂前井边五步的地方，掘着了千万贯铜钱。他又到厨房里去找着了一根杵，将它烧毁了。从此，他便变成一个大富翁。他全家的人，后来也搬进了这屋子，他们都很平安地住着。

卖身葬父

汉朝时候有一个董永，是千乘（shèng）地方的人，小时候就死了母亲，家里只有一个父亲。他的父亲是种田的，他驾着鹿车，跟着父亲种田，非常地勤恳。

可是，他家里却很贫穷。后来，他的父亲死了，连丧葬的费用也没法筹措。他急得无法可想，只得将自己的身体去卖给人家做奴隶，拿了卖身钱来给父亲料理后事。

他的主人知道他是一个孝子，很嘉许他的行为，给了他一万个钱，叫他仍旧回到自己家里去，永远不要他来当奴隶。当时，他感激得什么似的，便拜谢了主人，带了一万个钱，回家料理父亲的后事去了。

过了三年，等到董永守满了父亲的丧，他便打算回到主人家里去，尽做奴隶的义务。哪知他走到半路上，便遇见了一个妇人。那妇人很亲呢地对他道："我愿意做你的妻子，你能允许吗？"

董永看那妇人十分温柔可爱，立刻就答应了她的要求。他们俩便一同往主人家里去。主人见他们来，惊讶地问董永道："我因为你的孝行可嘉，所以拿钱送给你，已叫你自由地回家去过活，以后不必来当奴隶了，现在你为什么还要来呢？"

董永道："蒙您给我一万钱，使我可以料理父亲的丧事，我受了您的恩惠，永世不会忘记了。但是，我虽然是小人，平白地受你的钱，却不愿意，必定要替你做点儿事，报答你的恩惠的。"

主人道："你的妻子能做什么呢？"

董永道："她能够织绸。"

主人欢喜道："你还是回去吧！倘若一定要给我做一点儿事的话，那么，只要叫你妻子，给我织一百匹绸就是了！"

于是，董永便留着他的妻子，在主人家里织绸。

过了十天，董永又到主人家里去看他的妻子，哪知他的妻子刚好已经把一百匹绸完全织好了。主人看她织得又快又好，很是惊奇。董永要接她回到家里去，便告辞了主人，一同走出门去。

他们刚走到大门口，那妇人对董永道："我是不能跟你到家里去的，也不能真做你的妻子的。其实我是天上的织女，因为天帝嘉许你的孝道，可怜你的贫穷，所以叫我来帮助你偿清债务，使你可以得到自由的身体。现在你回去好好地过活吧！”

她说罢，身体便渐渐上升，驾着云去了。

董永立着看得呆了，他又是感激，又是失望，不觉落下了几滴泪来。

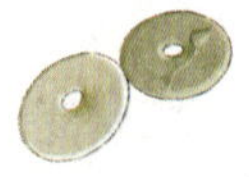

蝼蛄救命

从前，有一个庐陵太守，姓庞名企，是太原地方的人。他常常喜欢对人家说一个关于他祖先的故事。

他说："我有一个远祖，但是，已经记不起是哪一代了。这位远祖做人本是很有德行的，后来因为被他人所牵累，便被官厅捉了去，其实在他是一点儿罪过也没有的。因为受不住官厅拷打，只得把官厅要他招认的罪名，统统招认了出来。于是，他便被关在监狱里去了。"

"他离开了家人朋友，很凄苦地关在监狱里，等候着死神的来临，心里非常地悲伤。有时向四周望望，只看见一个小小的蝼蛄[1]常在他的身旁爬着，好像是依依不舍地在安慰他的忧虑。他因此很感叹地道：蝼蛄，蝼蛄，你这样地依恋着我，莫非是知道了我的心事了吧？唉！倘若你有神灵，能够想法来救我，那就好了！”

“他说完了，就将他吃剩下来的饭，给了它些。蝼蛄把饭吃完了，便爬去了。过了一会儿，蝼蛄又来了，并且和刚才一样地在他的身旁爬着。不过，看看它的身体，却比去时已长大了许多。他觉得很奇怪。后来他每在吃饭时，总把饭喂给蝼蛄一些，蝼蛄便一天天长大，几十天之后，直大得像猪一般了。”

“到了他将要处死刑的前一天晚上，那只大蝼蛄，忽然很努力地向墙脚边掘着。还没有到天亮时，已经掘成了一个大洞。他得到了这个机会，便趁着管监狱的人睡熟的当儿，从这个洞里爬了出去，偷偷地潜逃了。”

“自从他逃出监狱之后，又过了好一晌，他的冤枉居然被昭雪了，官厅里也便放了他的罪，不再去杀他了。”

“他每次记起那蝼蛄，使他逃过刑期，救了他的性命，自然十分地感激。后来他的子孙，也都感激那蝼蛄，每逢过节的时候，总特地备了丰盛的酒菜，到热闹的街上去祭它。这个祭祀，传了几世之后，才有些懈怠下来，我们才不专程去祭祀它，只在祭祀我们的祖先时，附带着祭一祭它罢了。以后便一直这样地流传了下来。”

---

① 蝼蛄（lóugū）：直翅目蝼蛄科昆虫的统称。害虫。可为害多种作物。

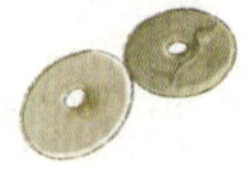

种玉

雒（luò）阳县有一个杨公，本来是经商的。他对他的父母很是孝顺，父母死了，葬在无终山上。他因为不忍离开父母，便把家也搬往无终山上住下了。

这座山，从山脚到山顶，约有八十里，山上是没有地方可以取水的，所以上山的人要喝水，必须到山下去汲（jí），大家都觉得非常不便。杨公看到了这种情形，很想设法解除他们的困苦。于是，每天他便到山下去汲了许多水上来，煮了茶放在山坡上，给过路的人喝，使过路的人都能享受利益。

过了三年，有一个到他那里去喝茶的行人拿了一斗石子儿送给他，对他说道："你拿这石子儿去种在山顶平坦而有石子儿的地方，这石子里面，将来会生出玉来的。"

这时候，恰巧杨公还没有娶妻，那人便又对他说道："将来，你还会娶一位贤德的夫人哩。"说罢，那人便不知去向了。

杨公知道那人必定有些来历，便把石头照着他的话种了起来。过了几年，他跑到那地方去看，果然看见有许多宝玉生在石子儿堆里，但是，除他以外，却没有一个人知道。

有一家姓徐的人家，是右北平地方的望族，有一个女儿，非常贤淑，求婚的人虽然很多，却是一个也没有选中。杨公听到了这个消息，也跑到徐家去求婚。

徐家看了他这副鄙陋的模样，觉得他这种请求，太不自量了，大家以为他是害了神经病的。因此，和他开玩笑道："你若是能够拿一对白璧来做聘礼[①]，便允许你婚配。"

杨公是正直的人，听了他们的话，信以为真，跑到自己种玉的田里，去找白璧，果然给他找着了五对。他便拿了来，送到徐家去做聘礼。

徐家看了这五对晶莹纯洁的白璧，很是惊奇，知道他不是一个普通的人。而且，有言在先，不能反悔，便将女儿许配给了他。于是，杨公便得到了一位贤德的夫人。

---

① 聘（pìn）礼：指订婚后男方送给女方的礼物。

杨公因为德行高超，得到异人的救助，一传十、十传百地把这事颂扬了开去，渐渐地传给皇帝知道了，皇帝知道他是贤人，便拜他为大夫。

后来杨公在种玉的地方的四角，建起了一根一丈长的大石柱，中央一顷大的地方，取名为玉田。

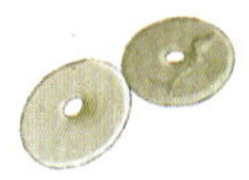

奇女子斩妖蛇

东越[①]国的闽中有一座庸岭，有几十丈高，在岭的西北低下的地方，有一个大蛇窟。这个蛇窟里，有一条很大很大的蛇，它的身体有七八丈长，十多围粗。

这条蛇，不但身体粗长，而且常常要作祟，伤害人类，所以，这地方的人都很怕它。东冶[②]的都尉[③]和属城的令长[④]，也被

---

① 东越：又称东瓯。现今浙江南部、福建北部一带。

② 东冶：古代闽越国的都城，现今福建福州市屏山东南麓冶山一带。

③ 都尉：中国古代官名。其主要职责是辅佐郡守并掌全郡军事，治盗贼甲卒兵马，维护地方治安。

④ 令长：泛指县令。

它害死了许多了。必定要时常拿着牛羊去祭它，才能使它稍稍安静些，这真是一个惊人的祸害啊！

过了些时，这条大蛇益发闹得凶了。它竟托梦给人，下谕给巫祝[①]，对他们说道："牛羊我已吃厌，现在想吃十二三岁的女孩子了，快点儿给我去办来！否则，这地方的人不要再想活了！"

都尉和令长得到了这个消息，都很惊恐而忧愁。但是，他们又哪里敢违背大蛇的命令呢？他们只得到婢仆们和有罪的人家去买了女孩子来养着，到了八月里，便将那女孩子送到蛇窟口去祭这条大蛇。

从此以后，便援以为例，一共已牺牲了九个女孩子了。

这时，又碰着要招募第十个女孩子作牺牲的时候了，但是，谁也不肯把自己的女儿去卖给蛇吃，这使都尉和令长多么地焦急啊！

将乐县[②]的李诞家里，一共有六个女儿，却是一个儿子也没有。他们的小女儿名字叫作寄应，生得很聪明，她听见了官厅里出钱买女孩儿的事，便向她的父母请求道："女儿听见官厅里正在出钱招买女孩子去祭大蛇，父亲和母亲何不就将我去卖给他们呢？"

父亲和母亲道："使不得！我们怎肯为了几个钱，将你送到蛇嘴里去？"

---

① 巫祝：泛指掌管占卜祭祀之人。

② 将乐县：县名。现隶属于福建省三明市，位于福建省西北部。

寄应又说道："父母生了我们六个女儿，既不能和缇萦[①]一般地帮助父母，又没有能力供养父母，养着我们毫无益处，徒然费掉些衣食罢了，还不如早些死了的好！倘若允许了我的请求，把我去卖了，那倒还可以拿到点儿钱给父母使用不是很好的吗？"

但是，父亲和母亲当然不肯为了几个钱，将亲生的女儿去卖给蛇吃。他们终于不能听从寄应的请求。

寄应知道父母的意见已不能挽回，再请求也没有用了，便一声不响地独自逃了出去——逃到了都尉和令长那里，说明愿意应募的来意。这是当然的，她被留下了。

这时，还没有到八月祭蛇的时候。寄应便预备了几石米饼，放了些甜的麦屑，又预备了一把锋利的剑、一只咬蛇的狗。大家看了都很奇怪，不晓得她要这些东西来作什么用。

到了祭蛇的那一天，她便带了米饼，牵了狗，身上又藏着那把锋利的剑，跑到蛇的庙里，坐着等待祭蛇的时刻。不久，祭蛇的时候到了，都尉和令长便对她说道："你既愿意献身给蛇，此刻就应该到蛇窟口去等着了！"

寄应很从容地答道："是的，我正要去了！"说着，便急急地跑了去，偷偷地把预备好的米饼向蛇窟口一放，她却躲在窟旁张望着。

---

① 缇萦：西汉时期著名孝女。其父淳于意因得罪权贵，于汉文帝四年（公元前 176 年）被逮至京都长安问罪，他的小女缇萦随同前往，并上书皇帝，愿荐身为官婢，以赎父刑。文帝十三年，汉文帝赦免淳于意，同时宣布废除部分肉刑。

都尉和令长看到这种情形，以为她害怕了，故意躲避起来，因此很愤怒地正要叫人去捉她，将她拖到蛇窟口去。

哪知那条大蛇，却已爬了出来，两只眼睛仿佛是两面二尺大的圆镜，东照西耀，煞是吓人。它一看到了那些米饼，便狼吞虎咽地大嚼了，吃得非常香甜，非常专注。都尉和令长都看得呆了，终于没有将命令发下。

寄应偷看到这里，知道机会到了，便把手里牵着的狗放了。那狗一离开寄应，疯狂似的奔跑到蛇身边，狠命地将蛇身咬着。于是，寄应便举起了利剑，跑到蛇的身后向着它乱斫起来。

大蛇正贪吃着米饼，一点儿也没防备，等到受了重伤，更加无力抵抗了，因此，它只是乱蹦乱跳了一会儿，便倒在地上死了。

寄应杀死了大蛇之后，又爬到蛇窟中去探视了一回。她找着了以前被献给蛇作祭品的九个女孩子的骷髅，便将它们都搬了出来，很愤怒地道："你们这种人，因为太怯弱了，所以会被蛇吃掉，都是可怜虫啊！"

都尉和令长看了寄应这种惊人的举动，听了激昂的言词，又是惊奇，又是钦佩。大家张口结舌，半晌说不出话来。

寄应便在众人敬意的注视中，款款地走了回去。

从此之后，闽中便没有妖物作祟，人民才得安心无忧地住着。自然，大家都感念寄应斫妖蛇的功绩，而她的声名，也便有

口皆碑了。

越王[1]听到了这件事，便将寄应聘了去做他的王后，又拜她的父亲为将乐的令长。母亲和姊姊们也因此得到了赏赐。

① 越王：东越国的国君。

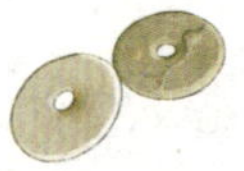

板上的遗嘱

从前，汝阴地方鸿寿亭附近，有一个姓隗（wěi）名炤（zhāo）的人，他是善于卜易[①]的。

他在临死的时候，拿了一块板写了字，交给他的妻子道："我自知这病是不会好了，撇下了你，我心里是多么难过啊！而且，我死之后，不久，便要逢着荒年了，生活一定是很艰难的。不过，虽然如此，你也要竭力忍耐着，千万不要将这间住屋卖去！再过五年，在春天的时候，应当有一个天子的使者来住在这鸿寿

① 卜易：即占卜。

亭里。这人姓龚，他曾经欠了我的钱，没有来归还，等他来时，你可以拿我交给你的那块板去给他看，向他去讨还欠我的钱，不要忘记啊！”说罢，他便断了气。

隗炤死了之后，果然接连过着荒年。他的妻子十分困苦，渐渐地有些忍耐不住了。她每回打算将住宅卖去，但是，想着了丈夫临终的嘱咐，便又将这念头打消了，这样不知一共有多少次。

五年后的一个春天，真的有一个姓龚的使者到汝阴来，就住在鸿寿亭里。隗炤的妻子，得到了这个消息，记起了丈夫临死时的话，立刻拿了那块板，去向他讨钱了。

姓龚的使者看了这块板，不觉怔住了，细细地思索了好一会儿。半晌，才问隗炤的妻子道“你拿这个给我做什么呀？”

隗炤的妻子道：“你曾经欠了我们的钱，没有归还，我来向你讨钱的呀！”

姓龚的使者听了她的话，吃惊道：“我平生没有欠过别人的钱，这是怎么一回事呢？”

隗炤的妻子道：“我丈夫隗炤临死的时候，写了这块板交给我，他说你借了他的钱没有归还，叫我等你来时，拿了板来向你讨的。”

姓龚的使者被她缠得莫名其妙，想了半天才恍然觉悟，便叫人拿了些蓍草[①]，占起卦来。占好了，拍着手叹道：“隗生有这样

---

① 蓍（shī）草：古代人们用作占卜的植物。

的先知之明，隐居在这乡村上，而没有人知道他，这种人可以算作明于穷富之道，洞察吉凶之遇了！”

于是，他便很和蔼地对隗炤的妻子道：“我没有欠你的钱。照这卦上说，是贤夫自己有金子藏着。因为，他知道自己死后，必定要暂时贫穷几年的，所以将金子藏着，要你留着等太平的时候拿出来使用。至于没有预先告诉你的缘故，是怕你将这些金子在荒年时候用完了，以后便要一直贫困下去了。他晓得我是善于卜易的，所以托言向我讨钱，叫你拿这板来传达他的用意给我罢了。他藏着的金子，一共有五百斤，用一个青色的罂①盛着，上面有铜柈②盖着。这罂器埋在离开堂屋的东头约一丈远的地方，入土约九尺深。”

隗炤的妻子回到家里，照着卦上所指示的方向掘下去，果然得到了五百斤金子。从此，她的生活便富裕了。

---

① 罂（yīng）：瓦制的盛酒贮藏器。

② 柈（pán）：同盘。